mare

ELINOR MORDAUNT

DAS HERZ EINES SCHIFFES

ERZÄHLUNGEN

Aus dem Englischen
übersetzt und mit einem
Nachwort von
Alexander Pechmann

mare

Die Übersetzungen in dieser Ausgabe basieren auf folgenden Originalausgaben:
Das Herz eines Schiffes: »The Heart of a Ship«, in:
The Tales of Elinor Mordaunt, Martin Secker, London 1934.
Der Rückruf: »The Recall«, in:
Elinor Mordaunt: *The Island*, William Heinemann, London 1914.
Die Geschichte des Skippers: »The Skipper's Yarn«, in:
The Lone Hand, Sydney, 1. Februar 1912.
Schwere See: »The High Seas«, in:
The Century Magazine, New York, Oktober 1919.

1. Auflage 2025

Lektorat Heide Sommer
Einband- und Schubergestaltung
Nadja Zobel, Petra Koßmann / mareverlag
Abbildung akg-images / Elizaveta Becker
Typografie Iris Farnschläder / mareverlag
Schrift Stempel Garamond
Druck und Bindung Memminger MedienCentrum AG
ISBN 978-3-86648-735-2

FSC
www.fsc.org
MIX
Papier | Fördert gute Waldnutzung
FSC® C022176

www.mare.de

Kontaktadresse nach EU-Produktsicherheitsverordnung:
produktsicherheit@mare.de

INHALT

DAS HERZ EINES SCHIFFES

Die *Sarah Shane* hatte ihre Männer im Griff. Manche Schiffe sind so. Ihre Crews werden abgemustert, sie liegen wochen- und monatelang im Trockendock, machen alle möglichen Schicksalsschläge durch, kein Proviant, kein Wasser, angeschlagen und fast völlig kaputt schleichen sie in den Hafen, und jeder Mann an Bord flucht, fuchtelt mit den Händen und versichert lautstark – desto lauter, je mehr er sich bewusst ist, dass im Hintergrund Zweifel lauern –, dass man ihn niemals, niemals wieder, beim Himmel über ihm und der Tiefe unter ihm – seine Wortwahl ist freilich viel drastischer –, dazu überreden könne, auf einer so fragwürdigen, seeuntüchtigen, widerspenstigen und verkorksten Schlampe zu segeln! Und doch kommen sie immer wieder, denn das Schiff hat eine eigene Persönlichkeit, die von

Offizieren, Kapitän und Eigentümer unabhängig ist und ihnen häufig sogar trotzt. Deshalb enthalten sogar die Schimpftiraden, mit denen die Crew das Schiff überhäuft, etwas wie Bewunderung und Zärtlichkeit, und sie sind rasch bereit, jede noch so kleine Kritik eines Außenseiters infrage zu stellen und zu vergelten. Kurzum, einige Schiffe sind wie gewisse Frauen, die ihre Liebhaber behalten, ganz gleich, wie schlecht die sich benehmen, wie gleichgültig, grausam oder kapriziös sie auch sein mögen. Ihr Griff wird fester, je weniger Glück sie verbreiten.

Die Männer der *Sarah* krochen einer nach dem anderen – allesamt mit diesem Ausdruck eines ausgewrungenen Lappens, den man bei allen Hochseematrosen findet, wenn sie den trostlosen Vergnügungen des Landlebens ausgiebig gefrönt hatten – zurück an Bord: McGusty, der Bootsmann, Tyzee, der Spanier, der große Brandt, alle vom selben alten Schlag, vom Ersten Offizier bis zu Ducks, dem Küchenjungen.

Es gab ein verschämtes Wiedersehen in der Back, während die *Sarah* vor Anker lag und auf den Schlepper wartete. »Zum Henker, wenigstens haben wir sie schon von ihrer schlechtesten Seite kennengelernt!« – Das waren ihre Worte. »Und der Alte … gar nicht so übel, im Vergleich zu anderen Skippern. Der Doktor ebenso …« So nennen die Seeleute ihren Schiffskoch. »Na ja, nun ist er mal da, wir sind ja gewöhnt an seinen trockenen Fraß.«

Auf dieser Fahrt lief die *Sarah Shane* – dieses Luder, diese Circe, diese Verführerin – rund um das Kap der Guten Hoffnung nach Port Elizabeth und East London, segelte kreuz und quer zwischen den Inseln der Javasee, nahm Fracht auf und lud sie wieder ab; dann weiter zur Sundainsel Flores und hinauf zur Molukkensee, und sie sauste dahin wie ein Vollblut mit samtiger Schnute bis nach Ombria, um Gewürze zu laden.

Erst in der Pitt Passage kam ihr launischer Charakter zum Vorschein, und das mit aller Macht. Alle Schiffe, die je gebaut wurden, haben die eine oder andere Schrulle – es hängt alles davon ab, in welche Richtung sie schauen, wenn man ihnen die Bolzen einschlägt und mit den Schlägen magnetisiert – positiv oder negativ, rot oder blau, Nord oder Süd. Bei Männern und Frauen nennen wir es »Temperament«, »Geschmack«, »Charakter«; es wird ihnen im Mutterleib eingepflanzt, und jedes Schiff bekommt seine Polarität von den Händen seines Baumeisters, sodass ... na ja, ganz egal, ob man es als Wille, Charakter, Macke oder weibliche Launenhaftigkeit bezeichnet, es gibt jedenfalls keine Frau auf der Welt, die davon tiefer geprägt wäre als ein Schiff, insbesondere ein Segelschiff.

Ombria war der nördlichste Anlaufhafen – dachten die Männer zumindest –, und sie begrüßten ihn freudig; danach würden sie mehr oder weniger Kurs auf die Heimat nehmen; südlich nach Serang, weiter nach Thursday Island und von dort rund ums Kap nach Hause.

»Es läuft zu glatt, das kommt mir spanisch vor«, knurrte McGusty, der Bootsmann, und er hatte recht, denn in der Pitt Passage schlug die *Sarah Shane* aus und ging durch.

»Es liegt an der Art, wie sie gebaut wurde«, sagte Tyzee, dessen Gedankengänge merkwürdiger waren als die der meisten anderen. »Ost und West und dazu nicht ganz rechtweisend ... Das ist ihre Macke, das sind ihre zwei Gesichter, nicht dass sie dran schuld wär'. Es liegt daran, wie sie vor der Geburt behandelt wurde, sozusagen.«

Das war jedenfalls der Stand der Dinge. Es lag nicht am Wind, nicht an der ersten Brise, die zwar nicht gut war, aber doch ganz ordentlich, wenn nur das Schiff hätte tun können, was es wollte, oder wenn es dem Willen des Alten entsprochen hätte. Aber dem war nicht so, nicht im Geringsten: Laut Befehl der Reederei sollte das Schiff nach Süden fahren, doch es wollte nach Norden, und dorthin fuhr es auch.

Jeder Fremde hätte an *Sarah Shanes* Fahrweise erkannt, dass sie ihr Steuerrad ignorierte; sie lief gegen den Wind, brachte ihn gegen sich auf, sodass es schien, als würden beide aufeinander losgehen, Amok laufen, mit Wellen, die von Westen den Zipfel eines weit entfernten, schlimmeren Sturms heranbrachten; sie türmten sich an Steuerbord auf, sodass sie ausgerechnet bei Linamatula beinahe Schiffbruch erlitten hätten. Dann fuhr sie weiter durch die Molukken-Meerenge, die so dicht mit kleinen Inseln gesprenkelt ist, dass man sie nur auf ihrem Hauptkurs weiterpflügen lassen und so gut es ging von den Eilanden fernhalten konnte.

Das Seltsame an alledem war dies: Sie stellte ihren Bug geradewegs nach Norden statt nach Süden, schüttelte den kreuzenden Seegang ab, flitzte los wie ein Windhund, wobei ein Zittern von Bug bis Heck sie überkam, und war so schnell, dass man sich fragt, wie und wo sie hätte anhalten können, bevor sie an der Küste Chinas zerschellt wäre, wenn sie nicht im letzten Augenblick herausgefunden hätte, was sie eigentlich wollte. Ihr Großsegel war schon zerfetzt, und sie lief unter Großmars- und Untervormarssegel, an Steuerbord war die halbe Heckreling abgerissen, und ihre beiden Steuerbord-Beiboote waren schon am Anfang des Kampfes fortgespült worden. Wild wie der Wind, mit Leinwandfetzen an den Rahen, schleppte sie lose Tauenden der Takelage hinter sich her. Der sturzflutartige Tropenregen hatte sie weiß gewaschen wie ein Skelett.

Doch letztlich kam sie frei, sauste über das Wasser, ließ die schnellsten Wellen hinter sich und fuhr mit tödlicher Entschlossenheit weiter.

Und dann – dann! Sie schwojte herum und landete in einer perfekten Kalme – nichts als eitel Sonnenschein –, eine Kalme, die im Herzen der alten Vettel wohnte und nichts mit dem Barometer zu tun hatte – in der seidig silbernen, sandgesäumten Bucht einer dieser unzähligen Inseln, die um Salibaboel verstreut liegen.

Sie schwojte und knickste, genau so war's. Sie glitt heiteren Sinnes aus ihrer schlechten Laune heraus. »Gott steh uns bei!«, sagten die Männer, jeder einzelne von ihnen, mit einem Knoten in der Brust, als wären sie mit ihr durchgebrannt – verstört, unrasiert, schmutzig, in ihren feuchten Klamotten, denn der größte Teil ihrer Ausrüstung war während des ersten Durcheinanders in der Pitt Passage aus der Back gespült worden – mit einem Ausdruck, der »Hab ich's euch nicht gesagt« meinte, fluchend und doch voller Bewunderung: Herrgott, da gab es nichts, was sie nicht tun konnte, tun würde. »Schaut euch das an! Jetzt wisst ihr, aus welchem Holz sie geschnitzt ist … Warum hat sie uns ausgerechnet hierher gebracht?«

»Was zum Teufel … Was …?«

»Ha! Verdammt will ich sein. Wer hätt' gedacht, dass sie es weiß!«

»Da bringt sie uns hierher, ausgerechnet hierher … und warum? Weswegen? Sag mir das mal!«

»Ein Mann … ein verdammter Mann … ein Schiffbrüchiger … hinter dem war sie her! Dieses Miststück … dieses …«

Sie drängten sich an die Reling und gafften, während der Mann, den die *Sarah* gesucht hatte, auf einem kleinen weißen Felsen auf der Böschung aus bleichem Sand saß und sie mit einem matten Winken begrüßte. Dann umklammerte er seine Knie wieder mit beiden Armen, blieb reglos und gaffte ebenso wie sie; und doch zeigte er sogar jetzt und auf diese Entfernung – zumindest machte es den Eindruck – eine Verachtung, die jeden Mann an Bord bis ins Mark traf. Er lief nicht hinunter ans Ufer, er gab keine irren Freudenschreie von sich und wedelte nicht mit den

Armen wie der gewöhnliche, traditionelle Schiffbrüchige unserer Breiten.

»Der langweilt sich wohl zu Tode über seine Besucher«, sagte einer.

»Er scheint zu viel zu wissen«, meinte Tyzee. »Er wusste, dass sie kommt.«

»Wer?«

»Die *Sarah*!«

»Wie zum Teufel?«

»Ist doch klar … Ich schätze mal, die sind beide auf dieselbe Richtung gepolt. Da habt ihr's … Liebe auf den ersten Blick oder schon früher; so 'ne Art Gefühl in den Knochen. Bei Männern und Frauen ist es manchmal genauso … Man kann sie nicht aufhalten, keinen von beiden, ganz gleich, ob sie lieben oder hassen … und schlimmstenfalls ist es Hass.«

Man ließ ein Boot mit zwei Vollmatrosen, dem Bootsmann und dem Zweiten Offizier zu Wasser. Die Männer waren außer sich vor Aufregung und gutem Willen.

»Kopf hoch, alter Knabe, Kopf hoch!«, riefen sie dem Schiffbrüchigen zu.

»Was zum Teufel wollt ihr?«, knurrte der Offizier. »Ihr kommt vom Kurs ab, wenn ihr rumschreit und rumalbert. Pullt, ihr Mistkerle! Pullt!«

Trotz alledem war er ebenso aufgeregt wie die anderen; seine hohen Wangenknochen, der Rücken seiner spitzen Nase waren gerötet. Sie waren alle aufgeregt, angespannt; ein einziges Wort hätte einen hysterischen Anfall auslösen können – bei den drei Männern im Boot, bei der Crew, die an der Reling der *Sarah* lehnte und gaffte, beim Kapitän und dem Ersten Offizier auf der Brücke. Sie waren nicht angespannt, weil sie den Mann entdeckt hatten, nicht einmal oder nicht unbedingt wegen der erstaunlichen Art und Weise, mittels der sie zu ihm gebracht wurden, sondern wegen seiner völligen Reglosigkeit, seiner unheimlichen, totalen Gleichgültigkeit.

Sie hatten die vage Vorstellung, die ihren Verdruss etwas dämpfte, dass er vielleicht zu erschöpft war, um sich zu bewegen. Ihre gemurmelten Mitleidsbekundungen »Armer Kerl!«, »Armer Teufel!« wurden jäh unterbrochen, als er im selben Moment aufstand, da das Boot am glatten, sandigen Hang der Küste landete. Er ging hin und stieg ein. »Guten Morgen«, sagte er, und das verblüffte sie noch mehr, als es jeder Fluch oder Schlag oder Schrei eines Tobsüchtigen vermocht hätte.

Als er über die Reling der *Sarah* stieg, streckten sich ihm ein Dutzend dienstbare Hände entgegen, um ihm zu helfen. Die Seemänner glichen Hündchen, die mit dem Schwanz wedeln, und begrüßten ihn knurrend. Dann wichen sie mit eingeklemmtem Schwanz und einem seltsamen Frösteln zurück, da er sie, ihre Anwesenheit und sogar die Ankunft der *Sarah* völlig gleichgültig hinnahm.

»Was hat er gesagt, als ihr abgelegt habt? Was hat er gesagt?«, stotterte McGusty, als sie ihn an der Tür zur Back ganz für sich hatten und ihn mit Fragen bombardierten. »›Guten Morgen.‹ ›Guten Morgen.‹ Genau so … Als würden wir ihm die Milch bringen oder als wären wir das verflixte Taxi, das er für Punkt neun bestellt hat. ›Guten Morgen‹, ganz allein auf diesem verdammten Inselchen, nicht größer als das Großsegel der *Sarah*! Da laust mich doch der Affe! Man hätt' mich mit 'ner Feder umhauen können. Sapperlot ... ›Guten Morgen‹! Hat man denn so was schon gehört?«

Was den Fremden anging, so führte man ihn mit hoch erhobenem Haupt in den Salon, wo er in Ohnmacht fiel – immer noch kerzengerade, steif wie ein Schürhaken, ohne die geringste Krümmung. Nachdem man ihn mit Brandy wiederbelebt hatte, entschuldigte er sich: »Zu viel Aufregung auf leeren Magen.«

»Herrgott«, rief der Zweite Offizier, als er es dem Ersten erzählte. »Es war wohl sein Magen, aber die Aufregung hatten wir! Da brat mir einer einen Storch ... Mir fehlen die Worte!«

Zunächst wusste man nicht genau, wo man ihn unterbringen sollte, und das lag an seiner Würde, seiner unbeugsamen Würde, die rein gar nichts mit seiner Kleidung zu tun hatte, denn er trug lediglich eine zerrissene Unterhose. Doch er sagte, er sei Matrose, ein gewöhnlicher Vollmatrose ... Zum Henker! Wie konnte das möglich sein, wo er doch nichts Gewöhnliches an sich hatte? Die drei Männer, Kapitän, Erster und Zweiter Offizier, standen da und gafften wie Schuljungs. Man wurde einfach nicht schlau aus ihm. Wenn er irgendwelche Ansprüche erhoben hätte, wäre es einfacher gewesen; doch da es kein Lazarett gab, blieb nur die Back übrig; und er hatte sowieso erklärt, dass er nicht krank sei.

»Hat es auf der Insel was zum Essen gegeben?« Nein, es habe nicht viel Essbares gegeben, außer ein paar angeschwemmten Krabben.

»Wasser?« Nein, auch nicht viel Wasser; ein Fässchen mit brackigem Wasser von einem anderen Schiffbruch sei ans Ufer gespült worden. Oh, ja, er habe Schiffbruch erlitten. Er sprach so unbekümmert darüber, dass es fast anstößig schien, ihn mit solchen Kleinigkeiten zu belästigen.

»Himmel, Arsch und Zwirn!«, rief der Zweite Offizier erbost. »Man möchte meinen, dass es Ihnen irgendwie egal wäre.«

»Das ist mir gar nicht bewusst«, sagte der Fremde. »Eigentlich will ich nur so schnell wie möglich nach Hause.«

»Jedenfalls hat sich das Wetter gebessert«, sagte der Kapitän verlegen, und der Mann nickte mit einem seltsamen Blick.

»Ja, es hat sich gebessert ... Damit ich nach Hause komme.«

»Und Sie sind auf einem guten Schiff.« Es war ein bemerkenswertes Lob für den Alten, und seine beiden Untergebenen starrten ihn an, als hätte er sich diesem Kerl gebeugt – diesem kranken Geier von einem Mann.

»Oh ja«, sagte er. »Auf seine Art ist es richtig gut.« Damit drehte er sich um und verließ den Salon, gefolgt – gewiss nicht geführt – vom Zweiten Offizier, der ihn zur Kombüse begleitete und dort zurückließ, nachdem er dem Doktor befohlen hatte, ihm etwas zum Essen zu geben.

»Nur häppchenweise, wenn er ... wenn er Hunger hat«, sagte er zögernd, da es ihm irgendwie unanständig vorkam anzudeuten, dass die fragliche Person nicht alles auf Erden hätte, was sie brauchte oder haben wollte.

Zurück in seinem Quartier, platzte er heraus: »Rohes Fleisch ... das wollte ich sagen. Ich hab's dem Doc gesagt. Bovril-Fleischextrakt, aber eigentlich meinte ich rohes Fleisch, Aas.«

»Was zum Teufel …?«, fragte der Erste.

»Ja, kannst du das nicht selber sehen? Ein Geier, ein menschlicher Geier.«

»Jedenfalls hoffe ich, dass sie nun friedlich bleibt, nachdem sie ihn bekommen hat.«

»Was soll das heißen?« Nun war der jüngere Mann an der Reihe, sich zu wundern.

»Ich weiß es selber nicht«, knurrte der andere mürrisch. »Mach dir selber einen Reim draus. Ich weiß verdammt noch mal nicht, was es heißen soll … Aber es kam mir so vor, als hätte die *Sarah* nach etwas gesucht, und ich kann nur hoffen … dass sie's gefunden hat.«

Der Fremde hatte sich mittlerweile in die Back zurückgezogen, saß am Fuß des Bugspriets und sah den Männern zu, wie sie eine Koje für ihn herrichteten. Sie traten an ihn heran, boten ihm kameradschaftlich Kleidung und Decken an, machten ihm unbeholfen den Hof, wollten seine Freunde sein, doch er sagte kaum ein Wort und zuckte mit keiner Wimper.

Sie brachten die *Sarah* auf Vordermann und setzten zu Mittag wieder die Segel. »Ein echtes Vergnügen, sie zu steuern, das ist es«, sagte der große Brandt am Ruder. »Kein anderes Schiff gehorcht dem Ruder so gut wie die *Sarah.*«

»Wenn sie bekommt, was sie will … Wenn sie hat, worauf sie scharf ist, genauso wie alle anderen verdammten Weibsbilder«, knurrte McGusty, melancholischer denn je.

»Sorgt bloß dafür, dass der verflixte Schiffbrüchige zufrieden ist … Sorgt dafür, um euretwillen«, diesen Rat gab ihnen Tyzee. Tyzee, der vieles wusste, viele seltsame Dinge kannte. »Jetzt ist sie glücklich, weil sie ihn bekommen hat, aber das Zusammenleben will erst noch gelernt sein.«

Doch dieses Problem meisterte sie; sie lebte mit ihm, oh, sie lebte mit ihm ganz vorzüglich. Man steckte ihn in die Wache des Ersten Offiziers, und er ging wie ein echter Seemann ans Werk; in dieser Hinsicht konnte ihm niemand Vorwürfe machen. Wenn man darüber nachdenkt, war es eigentlich ziemlich merkwürdig, wie glatt nun alles lief, vor allem, wenn er am Ruder stand. Fernandez – so hieß der Mann: Juan Fernandez, ein ganz normaler spanischer Name, ohne jede Anmaßung. Auch er hatte nichts Anmaßendes an sich; er war so was wie ein ganz normaler Dago[1] und doch auf merkwürdige, unerklärliche Weise ungewöhnlich.

»Das muss ich ihm lassen, er weiß, wie man mit einem Schiff umgeht; er kann *steuern*, auch daran gibt's keinen Zweifel«, räumte der Erste ebenso widerwillig ein.

Was die *Sarah Shane* anging, sie hielt ihren Kurs; fügsam, bereitwillig, machte sie aus allem das Beste, war bei bester Laune und brachte ihr eigenes Wetter mit. Niemals nie hatten sie das Kap so leicht umrundet; alles war auf ihrer Seite. »Sie hat ein gutes Herz!«, riefen die Männer, und man konnte sie dabei beobachten, wie sie ihre Takelung und Reling im Vorübergehen tätschelten, liebevoll oder sogar beschwichtigend.

Nicht dass sie dergleichen nötig gehabt hätte, bis das Kap hinter ihnen lag – ich meine das Beschwichtigen –, und dann … also, dann war doch alles zwecklos, einfach alles!

Der Schiffbrüchige sprach nie mit den anderen Männern, freundete sich nicht mit ihnen an. Der Kapitän hatte ihn nach dem Schiffbruch gefragt, der ihn allein auf diese kleine Insel verschlagen hatte, aber seine Kameraden in der Back wussten nichts darüber, ebenso wenig wie über den Mann selbst – ob er verheiratet war, ob er je im Knast gesessen hatte, was ihm am Herzen lag, was er sich als erste Mahlzeit an Land wünschte – ein Thema, das in der Back immer gut ankommt –, was sein Lieblingsgetränk war, wie sein letzter Kapitän und die Offiziere gewesen waren. Seine einzige menschliche Eigenschaft lag tatsächlich in dem ständig wiederholten Wunsch, nach Hause zu kommen, und sogar der hatte einen sonderbaren Grund:

»Ich denke, jemand wird sterben, während ich weg bin … Dieser Schiffbruch hat mich aufgehalten. Da ist Geld, und wenn ich nicht heimkomme, kriegen die's.«

»Wer?« Sie waren völlig baff, als sie das hörten, aber:

»Die anderen.« Mehr erfuhren sie nicht. Er

trug ihre Klamotten, schlief unter ihren Decken, aber trotz alledem war er ein höheres Wesen, und dafür hassten sie ihn.

»Zum Henker, wollen wir denn nicht alle nach Hause?«, sagten sie, und nach Hause kamen sie, aber nicht auf dieselbe Weise. Ja, auf welche Weise denn eigentlich? Auf zwanghafte Weise, denn nachdem sie das Kap umrundet hatten, sah Fernandez sich gezwungen, den Alten persönlich anzusprechen, ihn zu bitten, den Kurs zu ändern, Tage und Wochen zu verschwenden – und zu welchem Zweck? Um ihn, Fernandez, an dem Anlaufhafen abzusetzen, der seinem Zuhause am nächsten lag.

»Wenn Sie mich nach Rio de Janeiro bringen, könnte ich von dort weiterreisen.« Das sagte er und vergaß dabei alle anderen Standpunkte, so wie es gewiss jeder tut, der unter einer Zwangsvorstellung leidet und auch noch als Genie bezeichnet wird, wenn er sein Ziel erreicht.

»Oh, das würden Sie also können?«, sagte der Alte und beäugte ihn griesgrämig mit gerunzelter Stirn, während seine breite Hand flach auf dem Salontisch lag und er mit seinem plumpen Mittelfinger auf das Holz klopfte: ein sicheres Zeichen für Ärger, wie der Steward wusste.

»Das spart mir viel Zeit. Ich schätze, es könnte jemand gestorben sein, seit ich abgereist bin.«

»Oh, das schätzen Sie also?«

»Von dort kann ich in einer guten Woche nach Hause kommen.«

»Oh, das können Sie also? Pah!«

»Und, Sir-r-r, darf ich davon ausgehen, dass die Sache geregelt ist?«

»Sie können meinetwegen ausgehen, von was Sie verdammt noch mal wollen«, tobte der Kapitän, der plötzlich in Rage geriet. »Wer zum Teufel sind Sie denn, und warum zum Teufel sollte ich gegen meinen Befehl für jemanden wie Sie ein paar Hundert Meilen vom Kurs abweichen?«

»Sie machen es also nicht?«, fragte Fernandez und hob die Brauen über seinen tiefen Augenhöhlen, als wäre er überrascht, regelrecht verblüfft, fast gekränkt. Der Zweite war anwesend, sah und hörte alles und erzählte es dem Ersten.

»Nein, das werde ich nicht tun, auf gar keinen

Fall. Ich würde nie … Herrgott, so etwas hab ich ja noch nie gehört. Raus hier … Raus, sofort!«

»Das wird Ihnen leidtun«, sagte der Fremde, und dann platzte der Alte seltsamerweise mit etwas heraus, das – trotz all seiner Wut – schon fast wie eine Entschuldigung klang.

»Grundgütiger, Mann, können Sie nicht verstehen, dass das nicht infrage kommt? Rio … Rio! Was würden denn die Schiffseigner dazu sagen? Was würde die Crew davon halten? Sagen Sie mir das, Sir.«

Doch Fernandez schwieg, drehte sich ohne ein weiteres Wort um, verdunkelte einen Moment lang das sonnenbeschienene Rechteck der Salontür und verschwand.

Die Männer, die gesehen hatten, wie er fortging, behaupteten, er sei direkt zur Backbordreling gegangen, habe mit der Hand darübergestrichen und vor sich hin gemurmelt; er habe sich umgedreht und im Vorübergehen Groß- und Fockmast berührt; dann habe er eine Weile am Bug gestanden, sei auf den Bugspriet geklettert und habe sich daran festgeklammert, wobei er seine Wange gegen das Holz presste, murmelte, Selbstgespräche führte, endlose Selbstgespräche ... oder sprach er nicht eher mit der *Sarah*, so wie ein Zigeuner einem Pferd ins Ohr flüstert? Jedenfalls ging er auf dieselbe Weise entlang der Steuerbordreling zurück und hinauf auf das Achterdeck, wo der Erste Offizier ihn zur Ordnung rief – zum ersten Mal hatte er etwas getan, das ihm einen Tadel eintrug.

»Das ist das Schlimmste an ihm«, behauptete der junge und ungeduldige Zweite immer wieder. »Er gibt einem nie die Gelegenheit, ihm eine Standpauke zu halten; zu verflixt hochmütig, zu verflucht tüchtig.«

»Was hat er denn gesagt? Was im Namen von allem, was heilig ist, hat er denn gesagt, als er so geflüstert hat?« In der Back sprachen sie von nichts anderem; schwiegen plötzlich, wenn er sich näherte, gingen auseinander und machten den Eindruck, als wären sie lieber beisammengeblieben. Was hatte er gesagt? Gewiss irgendetwas, das die *Sarah* seinem Willen unterwirft, was sie in seinen Bann zieht, noch mehr verhext.

Sie dachten im Salon darüber nach, dachten ständig daran, obwohl sie nicht darüber sprachen, aus Angst, sich lächerlich zu machen, aus Respekt vor ihrem jeweiligen Rang. Erst drei Tage später platzte der Zweite damit heraus, was er fühlte.

»Herrgott, es sieht so aus, als würde dieser Schiffbrüchige seinen Willen bekommen.«

Denn die *Sarah* war wieder ausgebrochen. Schaut her, es ist folgendermaßen: Ein Schiff reagiert auf sein Ruder wie ein Pferd auf seine Zügel; wenn nicht, dann nicht, und damit hat es sich. Sie hatte auch wieder den Wind auf ihrer Seite; alles auf ihrer Seite, sie und dieser doppelt verfluchte Dago, einen stürmischen Südostwind und Wellen ... so hohe Wellen, wie sie sonst nur beim Umrunden des Kaps gesichtet werden.

Keiner von ihnen sprach mit Fernandez, wenn es nicht unbedingt nötig war, und dann schlugen sie einen äußerst versöhnlichen Ton an. Wenn sie ihm ein Opfer hätten darbieten, Weihrauch hätten anzünden können, hätten sie es getan, doch ein Gespräch von Mann zu Mann kam nicht infrage, während er seine Arbeit nach Lust und Laune verrichtete, denn nach einiger Zeit gab der Erste ihm keine besonderen Befehle mehr, sprach so wenig mit ihm wie die anderen.

Ein beunruhigendes Gefühl des Grauens hing über dem Schiff: Es kam zu Unfällen. Der Zimmermann stürzte ins Speigatt und brach sich ein Bein, die Besanspiere brach ab, und ein anderer Mann wurde durch einen herabfallenden Niederholer am Kopf verletzt. Nachts ging jedes Gefühl für Raum und Zeit verloren, beides war von Finsternis umhüllt. Die Tage waren grünlich-grau, man konnte Meer und Himmel nicht voneinander unterscheiden, unnatürlich und gespenstisch.

Der Alte verließ nun niemals das Deck, es sei denn für ein paar Augenblicke, behielt das Schiff im Auge, das nur am unteren Großmars ein Segel trug, welches kreuz und quer über den Himmel kratzte; die Rahnocken stießen in die schwarzen Tiefen der Nacht – so schwarz, dass man beim Hinaufschauen das unangenehme Gefühl hatte, in einen Brunnenschacht mit lodernden Feuerkugeln zu blicken. Das Schiff krängte dabei so stark, dass es dem Kapitän am Rand des Achterdecks vorkam, als würde er in dem vorragenden oberen Stockwerk eines Hauses stehen und auf die Menschenmengen in den Straßen unter ihm schauen: Männer wie halb ertrunkene Hühner, die sich auf die Rettungsleinen stürzten oder an allem, was sich gerade in Reichweite befand, festhielten und dort hingen, als wären sie anrüchige und windverwehte Wäschestücke vor dem Laden eines Lumpenhändlers. Die Wellen, die das Hauptdeck überschwemmten, rissen ihnen den Boden unter den Füßen weg, sodass auch sie unsicher und fast ohne Halt baumelten wie mit Bindfaden befestigte Puppenbeine.

Trotzdem hielt er das Schiff mehr oder weniger auf Kurs; so dicht beim Wind laufend wie möglich. Wenn die *Sarah* nur beschlossen hätte, brav zu sein, sie selbst zu sein! Aber was war sie denn eigentlich? Was war ihre wahre Natur? Was ist das Wesen einer verliebten Frau? Nicht das Wesen, das der Alte gekannt hatte, so viel war mal sicher. Auf dem harten, geröteten, wettergegerbten Gesicht mit einer Salzkruste, durch die der Regen kleine Kanäle grub, lag ein leeres, Mitleid heischendes Staunen; der Blick eines Mannes, der plötzlich und völlig unverständlicherweise von der Frau, die er liebte, sitzen gelassen wurde.

Dann kam ein Ende – *das* Ende, und es ging an ihm, an allen vorüber. »Wer hätte das von ihr gedacht!«, hörte der Zweite den Kapitän vor sich hin murmeln. Denn mitten im schlimmsten, im allerschlimmsten Sturm, in der wildesten kreuzenden See, weigerte die *Sarah* sich weiterzusegeln; sie hing mit ihrer Frontreling im Tal einer mächtigen Welle, sodass die Jungfernblöcke der Takelage ins Wasser tauchten. Dann wurde sie von der kreuzenden See querab erfasst, drehte sich so heftig, dass dem großen Brandt die Spaken des Steuerrads aus den Händen gerissen wurden, warf sich mit dem wilden Gefuchtel einer Wahnsinnigen, die sich die Kleider vom Leib reißt, auf die Seite und riss sich glatt das Ruder ab. Es steht geschrieben: »Wenn dich dein Auge ärgert …«[2], und genau so war's. »Rausgerissen«, sagten alle. »Sie hat es sich rausgerissen.«

Das einzig Erstaunliche dabei war, dass sie nicht auch noch die Masten verlor. Vielleicht war sie ja noch gar nicht so verrückt, so böse. »Auf sie ist Verlass«, sagten die Männer, aber insgeheim hatten sie ihre Zweifel, denn sie hatte sich verändert, so sehr, dass man sie kaum wiedererkannte.

Trotzdem hatte sie womöglich Angst, sie zitterte vom Flaggenknopf bis zum Kiel – deswegen nahm sie sich zusammen. Es blieb nichts anderes übrig, als sie laufen zu lassen. Jedenfalls hatte sie sich durchgesetzt, aber wie, auf welch schändliche Weise, und jetzt lief sie vor dem Wind und wich geradewegs vom Kurs ab!

So fuhren sie tagelang in eine nordwestliche Richtung, mit Kurs auf ... Niemand im Salon hätte es ausgesprochen, doch die Mäuler in der Back plapperten es freiheraus: »Nach Rio ... Dort führt er sie hin ... Die beiden schaffen uns dorthin ... Er und sie ... Dieser verflixte Schiffbrüchige und die *Sarah*. Rio ... dort bringt er sie hin ... Nach Rio, seinem Rio, seinem kostbaren Rio ... Hört auf meine Worte ... Rio!«

Sie hatten die Enterprise-Untiefe schon lange

hinter sich gebracht und befanden sich weit nordwestlich davon, als sie die Decks endlich einigermaßen aufräumten, neue Fingerlinge und ein Ersatzruder einsetzten. Zu diesem Zeitpunkt biss der Alte die Zähne zusammen und die Rauferei begann von Neuem, falls man es so bezeichnen konnte. Es war eher ein finsteres Schmollen, denn am selben Tag, als er die *Sarah* nach Osten drehte, hoppelte sie, ungeschickt wie ein Regenpfeifer mit gebrochenen Flügeln, in einen Kalmengürtel, wo sie tagelang hängen blieb, während die Segel sich mit vagem Geflatter erschöpften und von leichten Böen gereizt wurden, die von Nirgendwo zu kommen schienen, nichts bewirkten, nach Nirgendwo verschwanden. Sie waren nutzlos und hatten so wenig Substanz wie Gespenster, und das genau in den Breiten, in denen sonst meistens günstige Winde herrschten, weit südlich von den Kalmen am Wendekreis des Steinbocks.

»Wir hatten keine anständige Brise mehr, seit wir den verdammten Kauz aufgegabelt haben!«, knurrte der Zweite bitter und ungeduldig. Der

Proviant wurde knapp; vom Trinkwasser gab's auch nicht mehr viel. Von Wut und Ungeduld überwältigt, nutzte der Alte einen plötzlich aufkommenden Ostwind, um den Bug der *Sarah* entschieden zur Küste zu drehen; mit grimmigem Gesicht und dann mit einer Art wildem Humor, der durch seine Grimmigkeit drang.

Die anderen Offiziere mussten es gewusst haben, aber niemand sagte ein Wort, bis auf ein paar vage Andeutungen, dass man nach Rio müsse, um »unbedingt notwendige Reparaturen durchzuführen, Proviant und Wasser aufzunehmen ...« – »Nach Rio ...« – »Kurs auf Rio ...« – »Zwischenlandung in Rio.«

Das genügte jedoch vollauf; es verbreitete sich über die Decks wie Feuer: »Rio ... Rio!« Die Männer hörten es; Fernandez hörte es; ob die *Sarah* es hörte oder ob er es ihr zuflüsterte, blieb unbekannt, doch von diesem Augenblick an folgte sie ihrem Kurs wie ein Wasserfall – schnell und stetig durchpflügte sie den Ozean, pulsierte vor Leben, ließ ihre Takelung singen, während der Schiffbrüchige so selbstzufrieden seiner Arbeit nachging, dass man sich wundern musste – und dies bewies, wie sehr die anderen Matrosen ihn fürchteten –, warum sie ihm nicht das Gesicht vom Kopf rissen, dieses leichenhafte, hochmütige, grinsende Gesicht, mit kaum einem Zoll Fleisch daran. Doch gleichzeitig gaben die Männer ihm mit einer Art überdrüssiger Verachtung und Müdigkeit alles, was er von ihren kargen Rationen begehrte, als wäre es eine Votivgabe an einen verhassten und unbarmherzigen Gott.

Eines Nachts zur späten Stunde sahen sie erstmals Lichter an der Küste, und der Wind war zu einem bloßen Wiegenlied abgeflaut. Als der Lotse erschien und die *Sarah* zu einem vorläufigen Ankerplatz außerhalb der Mündung von etwas führte, das wie ein Fluss aussah, folgte sie ihm so sanft wie ein Lamm seiner Mutter.

Tyzee, der dicht neben Fernandez an der Reling stand, als sie erstmals die Küste und ihre Lichter sichteten, spürte, dass er vom Scheitel bis zur Sohle vor Aufregung zitterte. Rund drei Stunden später sprachen der Kapitän und der Lotse auf der Brücke miteinander, und man hörte ein Murmeln: »Welch ein Pech ... Welch ein Pech!« – »Ganz genau. So eine Fahrt hab ich noch nie erlebt! Dabei fahr ich seit fünfzig Jahren zur See ... Alles war gegen uns, alles. Oh! Beim Auslaufen lief alles glatt, da gab's keine Probleme!« Plötzlich polterte die Gestalt eines Mannes die Kajütstreppe hinauf, stürzte sich auf den Kapitän, scharwenzelte zwischen ihm und dem Lotsen hin und her, fuchtelte mit den Händen, kreischte – ja, das alles tat er, dieser bislang so zurückhaltende und unerschütterliche Fernandez! – wild wie ein Vogel im Käfig, flatterte herum, in einer schier unglaublichen Mischung aus Wut, Kummer und wahnsinniger Verzweiflung.

»Wo sind wir eigentlich? Was ... was ... um Himmels willen, Kapitän, was ist das für ein Ort? Wo haben Sie mich hingebracht? Das da, was soll das?« Er deutete auf die Lichter, die wie aufgefädelte Perlen das Ufer und beide Seiten der vor ihnen liegenden Mündung zierten.

»Rio«, sagte der Kapitän gleichmütig. »Sie wollten nach Rio.«

»Aber das da ist doch nicht mein Rio de Janeiro … das da!« Seine Stimme überschlug sich, als er den Alten am Arm packte, ihn mit einer Hand mitschleifte und mit der anderen vorwärtsstieß. »Und jetzt … da … da … was … was? Was soll das sein?«

»Rio Grande do Sul, du Trottel!«, rief der Lotse, packte ihn an der Schulter und drehte ihn um. »Pass auf, ich mach dir Beine.« Er stieß ihn mit einem Tritt die Kajütstreppe hinunter, während die Männer unten ehrfürchtig und erleichtert gafften. Hier war endlich jemand, der nicht im Bann dieses Kerls stand, jemand, der von der Küste einen sicheren Panzer aus Vernunft mitgebracht hatte.

»Entschuldigen Sie, Kapitän, dass ich mich an Ihrer Crew vergreife, aber wenn ein Kerl so dreist dazwischenquatscht …« Der Lotse schwieg, erstaunt und empört, weil der Alte sich über die Reling der Brücke beugte und seine Befehle brüllte, *seine Befehle*, direkt vor seiner Nase.

»Anker klar.«

Die Männer waren bereit; es war nur einen Augenblick früher als gedacht; kein Problem, denn sie wollten in dieser Nacht fern vom Kai ankern, auf den Schlepper warten, der sie bei Tageslicht über die Untiefen führen würde. Wie aber konnte der Alte diesem bodenständigen, vernünftigen Beamten die Welle aus üblem Aberglauben erklären, die über ihn hinweggefegt war, als er sah, wie Fernandez an seinen Kameraden vorbeidrängte, zur Heckreling und daran entlanglief; er spielte sein altes Spiel, bückte sich, flüsterte, erzählte ihr ... Dem Kapitän brach der Schweiß aus, als er nur daran dachte, dergleichen in Worte zu fassen, aber nichtsdestotrotz musste er zusehen, wie Fernandez die *Sarah* manipulierte, ihr einredete, sich loszureißen und auszubüxen, hinaus aufs Meer, so schnell wie möglich, um Kurs auf das andere Rio zu nehmen – fort von Rio Grande do Sul und auf nach Rio de Janeiro.

Ihm blieb nichts anderes übrig, als ein paar unverständliche Worte zu stammeln: »Ich hab eben nicht aufgepasst, hatte nicht viel Schlaf ... Schlimme Reise ... Zerrüttete Nerven.« Na, das waren ja schöne Ausreden für den Kommandanten eines Schiffs! Sie hatten sie trotzdem im Sack:

Gegen die Anker konnten sie nichts ausrichten, die beiden – dieser teuflische Schiffbrüchige und die verrückte, hemmungslose, schamlose *Sarah*.

Die Crew wusste es auch, jeder einzelne Matrose, bis hinunter zu Ducks, dem Küchenjungen. Unter ihnen breitete sich eine Art Heiterkeit aus. Es war, als hätte man in einem stickigen Haus die Fenster geöffnet, als hätte man den voreilig gesetzten Grabstein über Männern entfernt, die noch nicht ganz tot waren.

Am nächsten Tag hatte der Schlepper die *Sarah* an die Leine gelegt, bevor ihre Schlickhaken an Bord waren, und sie wurden zum Kai von São Pedro geschleppt. War man dort erst einmal verholt, durfte man sich sicher fühlen, denn die bloße Berührung der Küste wirkte so tröstlich wie ein freundlicher Händedruck.

Dem Kapitän fiel die Last der Schwermut von den Schultern, er zog seine Landgangklamotten an und verschwand, um seine verschiedenen Geschäfte zu erledigen. Die beiden Offiziere entspannten sich, wurden menschlich, ausgelassen und scherzten. Hafenangestellte, Arbeiter,

Händler überschwemmten die Decks. Wo zuvor Geflüster, heimliche Seitenblicke und unausgesprochene Ängste geherrscht hatten, herrschten nun Gelächter, Geschrei, Pfeifen, der Geruch von Farbe, Hammerschläge, das Rasseln der Winden und Kräne.

Nur Fernandez schwieg, während die *Sarah* wie tot dalag und nicht auf die sanfte Dünung, das Flüstern des Windes reagierte.

Eine Woche verging – eine Woche unbeschwerter Fröhlichkeit, zu hektisch, um glücklich genannt zu werden – eine Stimmung wie »pflückt eure Blumen, solange ihr könnt« –, und beladen mit frischem Proviant und Trinkwasser, mit ausgebesserten Segeln, überholter Takelage und dem neuen Großsegel war die *Sarah* bereit zum Aufbruch; alles klar, um am nächsten Tag bei Sonnenaufgang mit der Flut auszulaufen.

An diesem Abend kehrte der Alte zwischen sechs und sieben zu seinem Schiff zurück, stand auf dem Achterdeck und sprach leise mit seinen beiden Offizieren, wobei er darauf achtete, Fernandez nicht einmal flüchtig anzusehen, der mit finsterer Miene auf der Hauptluke saß, die der Zimmermannsgehilfe eben neu abgedichtet hatte.

Die ganze Zeit, während sie im Hafen lagen, hatte man ihn mit einer Art grober Verachtung behandelt, die sich sehr von der sklavischen Hochachtung auf hoher See unterschied. Kaum eine Seele sprach mit ihm, bis auf Kelly O'Keefe, der sich damit amüsierte, ihn zu hänseln, teils aus Boshaftigkeit, teils weil es ihm auf den Wecker ging, jemanden so niedergeschlagen zu sehen.

Der Kapitän hatte versucht, ihn loszuwerden, aber in Rio Grande do Sul wollte man ihn nicht – kurzum, man wollte nichts mit ihm zu tun haben. Abgesehen davon konnten die Leute auf der *Sarah* ihm keine Vorwürfe machen: Er hatte sich bereit erklärt, seine Heimreise abzuarbeiten, und sie hatten zwei Mann zu wenig, den Zimmermann und einen Vollmatrosen, die im Krankenhaus zurückbleiben würden. Die Behörden rieben das dem Kapitän unter die Nase, als er versuchte, ihnen Fernandez aufzuhalsen.

Da war er nun, und da würde er wohl bleiben

– ein Alter vom Meere[3] –, saß auf der Luke und starrte angewidert und verächtlich hinaus auf den golden-blutroten Sonnenuntergang. Zweifellos dachte er an jemanden, der vor langer Zeit in dem anderen Rio gestorben war: Diese anderen Geier scharten sich vor seinen Augen zusammen, während er seine Knie umschlang, so wie damals, als sie ihn zum ersten Mal auf jenem Felsen im Pazifik gesehen hatten.

Während dieser Woche in dem Hafen, den sie »das falsche Rio« nannten, hatte er den Kopf hängen lassen, doch jetzt hob er ihn hoch; etwas von seiner alten Arroganz kehrte zurück: Waren sie erst einmal wieder auf See, gab es nichts, was er und die *Sarah* nicht zusammen fertigbringen könnten.

»Ich würde es nicht riskieren«, sagte der Alte. Dann noch einmal, in einem für ihn scharfen Ton: »Ich würde es nicht wagen, das Risiko einzugehen ... Nicht noch einmal.«

Der Zweite Offizier beugte sich vor, mit rotem Gesicht und glänzenden Augen, flüsterte, und die drei steckten die Köpfe zusammen. Zehn

Minuten später rief der junge Mann Brandt, er solle rasch aufs Achterdeck kommen, um irgendeine kleine Arbeit zu erledigen, und die beiden unterhielten sich im Flüsterton über einer Taurolle, so leise, dass man unmöglich wissen konnte, was sie sagten. Nur die letzten Worte waren zu hören:

»Auf jeden Fall! Solange du ihn nur loswirst.« Daraufhin sah man Silber zwischen ihren Händen glitzern, und dann sagte der Offizier: »Sternhagelvoll, wie?«

Als Brandt zurück zur Back ging, grinste er Fernandez an, der ihn doch tatsächlich ansprach: »Wir laufen morgen aus, oder?«, sagte er mit hörbar freudiger Erregung, erhob sich von seinem Sitz und begann, auf und ab zu gehen wie jemand, der zu ungeduldig ist, um ruhig zu bleiben; er lachte sogar kurz, als würde er von dem überschwänglichen Gefühl überwältigt, seine Welt wieder im Griff zu haben.

»Bloß weg von diesem Loch«, fügte er hinzu und ging hinüber zur Heckreling.

Eine Stunde später kam der große Brandt aus

der Back, frisch aufgetakelt in seiner besten Jacke, mit geröteten, goldroten, frisch rasierten Wangen und tänzelnden Schritten, die bewiesen, dass er bester Laune war, und gesellte sich zu dem Schiffbrüchigen, der immer noch an derselben Stelle stand, am Ende der Gangway mit dem Rücken zur Küste an der Heckreling lehnte, während seine leidenschaftlichen, halb geschlossenen Augen die Decks überblickten.

Brandt blieb vor ihm stehen: »Was hältst du davon, an Land zu gehen? Willst du heut Abend mitkommen? Ich kann dir ein, zwei Dinge zeigen … Das will ich meinen!« Er schaukelte von den Zehen auf die Fersen, schlug sich mit seiner breiten Hand auf den Schenkel und lachte: »Mädchen! Mensch! Und was für Mädchen! Ein Schlückchen Fusel … 'ne Runde Knuddeln … die letzte Nacht. Jessas, wenn ich nur wüsste, welche Sprache die sprechen. Da gibt's ein Mädchen, ein echtes Schätzchen …«

»Portugiesisch«, bemerkte der Schiffbrüchige gelangweilt.

»Genau! Du weißt Bescheid! Warum kommst

du nicht mit ... Sei kein Spielverderber. Ist ja schließlich die letzte Nacht!«, rief Brandt auf seine freundliche, kumpelhafte Art. »Du gammelst hier an Bord rum, seit wir den Hafen erreicht haben. Du, der garantiert einzige Kerl an Bord, der mir an einem Ort wie diesem noch was beibringen könnte ... in Rio. Das wird prima, darauf kannst du dich verlassen, hier in deinem Rio!«

»Das! Nicht mein Rio ... Rio de Janeiro.« Fernandez ließ sich die Worte auf der Zunge zergehen, drehte sich um und betrachtete den Kai, das Lampenlicht und Mondlicht, die Sanddünen, Häuser, Lagerhallen, die schimmernde Weite der Lagune, mit anmaßender Verachtung. »Das hier!«

»Trotzdem ... Sei kein Spielverderber. Du kennst die Sprache ... Dieses Mädchen ...«

Irgendwie schaffte Brandt es, ihn zu überreden.

»Portugiesisch«, sagte er kopfschüttelnd. »Meine Sprache, *die* Sprache!« Der Zweite Offizier hörte ihn, als sie zusammen loszogen; er lief zur Reling und sah ihnen nach, als sie sich ihren Weg über den vermüllten Kai bahnten.

Einige Kapitäne, die wissen, wie durstig man nach vielen Monaten auf See sein kann, lassen unter der Gangway zwischen der Bordwand des Schiffes und dem Land ein Netz aufspannen, um die Männer aufzufangen, die spätnachts betrunken nach Hause kommen und danebentreten.

Der Wächter hörte nichts in dieser Nacht. Er prüfte um zwölf das Netz, als seiner Schätzung nach fast alle Männer wieder an Bord waren, und es war leer; ebenso um zwei; um vier Uhr, als die Crew sich zu regen begann und der Doktor den Morgenkaffee kochte, sah er noch einmal nach und fand den großen Brandt zusammengerollt wie ein Mäuschen im Tiefschlaf.

Der Zweite Offizier half ihm dabei, ihn zu bergen, dann schaffte er ihn unter Deck, flößte ihm starken schwarzen Kaffee ein, schüttelte ihn, ohrfeigte ihn, wartete, bis ihm nicht mehr übel war – das dauerte nicht lang, denn kaum jemand erholte sich so schnell von einer Sauftour wie Brandt –, und fragte ihn aus.

Die Decks waren gefegt, die Winde geölt, das Schlepptau lag in ordentlichen Buchten an einer

Seite des Hauptdecks; alles war bereit für den Schlepper, der von seinem eigenen Liegeplatz heranbrauste.

Brandt sprach schnell, die Worte strömten über seine nunmehr trockenen Lippen:

»Jede Spelunke in der Stadt … Im Zickzack die Hauptstraße runter … Rum … Brandy … Meist Brandy, immer mehr Brandy … Er hätt' in Flammen aufgehen können … Hab noch nie einen Kerl wie ihn gesehen …« Die Stimme des Bootsmanns drang zu ihnen, rief die Männer an die Winde. »Ich muss noch mal weg, Sir. Ja, mit einem Mädchen … Hab ihn mit einem Mädchen zurückgelassen … Geredet? … Nein, Sir, kein Spanisch oder sonst was …«

Die Ankerkette klickte, als die Männer sich über die Winde beugten. Der Schlepper schipperte in Position, wirbelte das Wasser ringsum auf, während die Lagerhallen am Kai, die anrüchigen Holzhäuser, die am Stadtrand die Grenze zum Meer bildeten, in der Morgendämmerung mit leeren und schläfrigen Fassaden zusahen.

»Nichts geredet … gar nichts«, sagte Brandt

und drehte sich halb um. »Nur geküsst wie die Teufel … Geküsst und geknuddelt«, fügte er hinzu, lief zu seinem Platz am Bremshebel der Winde und machte sich ans Werk.

Das Schlepptau war draußen, der Schlepper übernahm die Kontrolle, doch die *Sarah* zögerte, hing für alle deutlich erkennbar zurück. Alles war in Ordnung, aber trotzdem hatte sie etwas Wildes an sich. Die Männer merkten es beim Brassen der Rahen und Segelsetzen – eine heftige, mürrische Wildheit. »Das bedeutet Unheil … Sie heckt schon wieder etwas aus. Und er … er …«

Irgendwie machte ein Gerücht die Runde: Fernandez war nicht da, er war am Vorabend mit dem großen Brandt losgezogen, und man hatte Brandt in aller Frühe im »Biernetz«[4] gefunden.

»Egal, was soll's, wenn sie wieder mit ihren alten Kaprizen daherkommt?«

»Oh, ich weiß, was das heißt, wenn sie sich so sträubt … ich kenn das …«

»Er könnte ebenso gut an Bord sein … Es ist dieselbe alte Geschichte mit den beiden … Da kann man nichts machen.«

Das war der Gipfel des Pessimismus, denn die *Sarah* bewegte sich, wenn auch träge und widerwillig, sie war dem mechanischen Geschäftsgeist des Schleppers ausgeliefert, sie und ihre Launen, und der Wasserstreifen zwischen ihr und dem Kai wurde breiter, immer breiter. Die lockere Leinwand des Obermarssegels wölbte sich in der Brise; die Küste fiel zurück, schien sich von ihnen zu entfernen. Trotzdem blieb die Crew wachsam und hielt sich bedeckt.

»Wie steht's, wenn der Schlepper sie freigibt? Wie stehen die Chancen, sagt mir das mal«, fragten sie, einer nach dem anderen.

Sie starrten hinaus aufs Meer oder auf die Planken zu ihren Füßen; es schien, als rechneten sie damit, dass sie aufbrachen, hielten sie für unsicher, glaubten, dass Fernandez sie von unten durchstoßen oder wie Neptun aus der Tiefe aufsteigen könnte. Sie dachten nicht an die Küste, diesen sicheren Ort; sie drehten sich benommen um, starrten in jede Richtung, nur nicht in die richtige, als am Kai, an ihrem alten Liegeplatz, ein wildes Geschrei losbrach.

Doch bevor sie dumm wie Schafe ihre Blicke darauf konzentrierten, wussten sie schon, was los war, und waren sich sicher, weil die *Sarah* zurückschreckte, zitterte, am Schlepptau zerrte. Mit ihnen der Kapitän. Als ihn der Zweite eifrig fragte: »Haben Sie das gespürt, Sir? Sie haben es gespürt, müssen es doch gespürt haben?«, grunzte er nur, da er nicht »Nein« sagen konnte und nicht »Ja« sagen wollte, und das ist Beweis genug.

Es war der schiffbrüchige Fernandez. Natürlich! Wer sonst hätte das tun können? Dort am Kai, schreiend, herumfuchtelnd, konnten sie seine dünne, hohe Stimme hören, die ständig wiederholte: »Kommt zurück, kommt zurück, kommt zurück!«, wie ein Perlhuhn, während er wie verrückt hin und her rannte und dabei von dem Müll am Kai und den schmalen Einflüssen gebremst wurde. Er stolperte über Taue und schrie, nicht länger so hochmütig, stolz und gleichgültig, wie er sich in seinem eigenen Horst aufgeführt hatte.

Die *Sarah* hing zurück, das Schlepptau zerrte luvwärts. Sie wussten, was das bedeutete; im nächsten Moment würde sie das Tau loslassen, sie würden abdriften, und was dann? Oh, sie wussten es, sie wussten es nur zu gut! Die *Sarah* würde sich winden und rückwärtssegeln – Gott allein wusste, wie –, zurück zu diesem verdammten Schiffbrüchigen. Sie waren sich sicher.

Fernandez' Gesten waren verzweifelt, aber auch gebieterisch, er winkte ausholend mit der ganzen Hand, so wie es Portugiesen tun.

Er war bis ans Ende des Kais gelaufen; es schien, als wollte er springen, um zu dem Schiff zu schwimmen.

Die Crew rief den Kapitän des Schleppers, doch ihr Drängen wirkte lächerlich, denn selbst wenn er sie hätte verstehen können, war er weit außer Hörweite.

»Festhalten ... Halt sie fest ... Festhalten!«

»Herrgott, er will uns hinterherschwimmen! Und sie will zurück zu ihm!«, rief Brandt.

Die Männer an Deck liefen zur Heckreling; die Männer in der Takelage klammerten sich reglos an die Rahen; nichts wurde getan, wie man es hätte tun sollen.

Der Schlepper war kurz davor, sie loszuwerfen. Fernandez riss sich die Jacke vom Leib. Mehr konnten sie nicht erkennen.

»Da!«, rief Kelly O'Keefe plötzlich und unerwartet. »Da … da … schaut! Mich laust der Affe, aber sie hat ihn … Sie holt ihn, sie holt ihn! Mach schon, mach schon!«

Eine Frau lief am Kai entlang, wich dem Müll aus Kisten und Fässern, Ankerwinden und Spieren aus, sprang über Taue. Sie trug eine scharlachrote Bluse, einen weißen Rock und weiße Schuhe, die flappten – sie konnten den Raum unter ihren Fersen sehen, während sie rannte.

»Zieh sie aus … Zieh sie aus!«, schrie Kelly, atemlos, als würde er selbst rennen. Etwas blitzte rings um sie auf. Sie wirkte halbseiden und exotisch, als die ersten klaren Sonnenstrahlen sie trafen, während eine lange Strähne dunklen Haars sich auf ihrem Rücken ringelte: ein Flittchen, ein schamloses Flittchen. Kein Wunder, dass die *Sarah* reglos dalag und doch schauderte.

Das Licht des Morgens brach plötzlich an, hart und klar, sodass es schien, als schaue man durch ein Teleskop. Die Szene schien näher heranzurücken, in ihrer ganzen Schande, für alle an Bord deutlich erkennbar, und rieb es der *Sarah* unter die Nase – *diese* Frau und der Schiffbrüchige!

Fernandez stand am äußersten Ende des Kais; für ihn gab es keinen Ausweg. Eine Flucht hätte direkt in die Arme seiner Verfolgerin geführt. Er hätte schwimmen können, aber ... Vielleicht war er vor Schreck wie gelähmt oder wollte es nicht – möglicherweise. So war es! Sie konnten es sehen, allesamt. Denn sobald sie ihn erreicht hatte, gab er auf, ließ sich von ihrem üppigen Leib, von ihrem wallenden Haar umfangen. Er ließ sich von seiner ursprünglichen Absicht abbringen, sich immer noch umklammert wegführen – er, der die *Sarah* beherrscht, ihre gesamte Crew mit einem verhassten Bann belegt hatte – wegführen – wegführen!

Der Schlepper zögerte ein, zwei Augenblicke, drehte dann ab und fuhr fort. Die Segel der *Sarah* füllten sich mit einem erstaunlichen Mut – was die Männer bemerkten und worüber sie noch monatelang sprachen. Sie schwenkte ein und sauste vorwärts auf ihrem Kurs. »Sie ist mit ihm fertig, hat Schluss gemacht«, so nannten sie es, ohne mit der Wimper zu zucken, ohne Blick zurück.

»Das könnte man so sagen«, meinten sie – und die *Sarah* sauste voran, das Wasser blitzte in hell glänzenden Spritzern an ihre Bordwand. Tyzee am Ruder spürte, wie fügsam, geläutert und fromm sie auf seine Hand reagierte.

»Sie hat die beiden gesehen«, sagten die Männer, »die beiden zusammen, sie und ihn.«

»Willst wohl nicht die zweite Geige spielen, wie, altes Mädchen?« Einer der Matrosen stand am Achterschott und schlug mit seiner großen Hand liebevoll dagegen. »Keine verdammte zweite Geige für dich, altes Mädchen. Altes Mädchen – alles klar?«

»Er und sie ... Er und diese Puppe in ihrer blutroten Bluse ... Von so einer lässt er sich nun entführen! Scheußlich ... so war's für die *Sarah*. Und wen wundert's? Unsere alte *Sarah*!«

»Endlich wieder alles im Lot ... Eine ruhige Heimfahrt. Gesegnet sei ihr altes Herz! Ach, letztlich kommt ja doch kein anderes Schiff an sie heran … Keines ist so flott unterwegs. Himmel! So flott!«

DER RÜCKRUF

André Bertle lümmelte sich über seinen Schreibtisch, streckte seine Ellbogen weit zur Seite und berührte mit der Nase fast das Hauptbuch, über das er sich beugte. Er kniff seine schwachen Augen zusammen und bemühte sich, sowohl seine Sehkraft als auch seine Gedanken auf die lange Zahlenreihe zu konzentrieren, die er mit seinem Füller niederschrieb. Ein Bein baumelte herab, das andere war untergeschlagen, sodass er den Fuß an der obersten Sprosse des hohen Hockers, auf dem er saß, festklemmen konnte.

Das kahle, weiß getünchte Büro war größtenteils in hässliches grünes Licht getaucht, das zwischen den Lamellen der Jalousien eindrang. Eine war ein wenig geöffnet, und durch die Lücke strömte ein Strahl gelben, mit Staubkörnchen versetzten Sonnenlichts herein. Dahinter sah man den Schornstein und ein Stück von der Heckreling des schmutzigen, mit Unrat übersäten Decks eines Trampdampfers sowie einen Streifen blauen Himmel, über den in regelmäßigen Abständen der schwarze Arm eines Krans pendelte, Vorbote vieler Rufe und mit heiserer Stimme gebrüllter Befehle des englischen Maats, der an der Reling stand, Tabaksaft und Verwünschungen ausspuckte und wütend versuchte, der gemischten Crew aus Kreolen und Malabaren, die das Schiff beluden, seine Befehle verständlich zu machen.

Andrés schwache Augen blinzelten immer mal wieder hinauf zu diesem Bild im schmalen grünen Rahmen der Jalousien. Der brackige Geruch des Hafens kitzelte ihn in der Nase; die lautstarken Ansagen des Maats vermischten sich mit der Aufzählung der Zucker-, Molasse- und Rumsorten erster, zweiter und dritter Klasse, mit denen er mit mäßigem Erfolg beschäftigt war. Denn obwohl die Natur seinen Körper offenbar an die Pflichten eines Büroangestellten angepasst hatte, war der Geist, die Seele, die in dem schwachen, schmalbrüstigen, mickrigen, in einen schmierigen Seidenanzug gekleideten Leib wohnte, von ganz anderem Kaliber.

Es herrschte eine stickige Hitze, und der offene Fensterladen machte die Sache auch nicht besser. Einmal kam Andrés Arbeitgeber mit einem Stapel Papiere herein und machte ihm mit einem gereizten Ausruf, wie siedend heiß es in dem Zimmer doch sei, Dampf. Andrés Augen hefteten sich auf sein Hauptbuch, seine heißen, verschwitzten Finger arbeiteten eifrig mit dem Füller. Doch er wusste, dass, gleich nachdem der Boss hinausgegangen wäre und die Tür hinter sich zugeschlagen hätte – diese dumme Tür, die lediglich in einen anderen Raum und von dort auf die Straße führte –, der Fensterladen wieder aufschwingen und er, nun ja, fast am Meer sein würde. Denn den schmalen Kaistreifen unter dem Fenster, zwischen der Mauer und dem Hafen, konnte er von seinem Platz aus nicht sehen.

Sein Leben lang hatte André sich nach dem Meer gesehnt. Geboren an einem der höchsten

Punkte der Insel, bestand seine früheste Erinnerung darin, dass er von dem sie umgebenden Wassergürtel fasziniert war, der sich mal in einer scharfen Kurve vom Himmel abhob, mal von einem geheimnisvollen matten Grau gesäumt wurde, das unendliche Ferne versprach – und so mochte er ihn am liebsten –, und der jetzt im Westen von dem großen Rubin der untergehenden Sonne loderte, während die restliche Küste von blassem, klarem Gold eingefasst war. Doch erschien ihm die Welt, in der er lebte, insgesamt immer als das, was sie war: ein begrenzter grüner Fleck in einem grenzenlosen Ozean, von dem die scharfe blaue Linie, die sich bei Sturm so deutlich am Himmel abzeichnete, nur das Äußere anzeigte, auch wenn der Knabe sie mit Bedauern für das Ende von etwas gehalten hatte, das doch eigentlich endlos war. Denn obwohl die Insel für die anderen Kreolenknaben das Wichtigste auf der Welt zu sein schien, wo eine wohlmeinende Gottheit zumindest diesen einen großen Erfolg verbuchen durfte, war sie für André nur ein Außenposten, auf dessen höchsten Gipfeln er stehen und das Meer ringsum betrachten konnte – von der Küste Asiens bis zum Südpol, von Madagaskar bis Australien –, meist ohne dabei Land zu sichten.

Der große Traum der Witwe Bertle war es gewesen, dass ihr einziges Kind Priester werden sollte. Das war ein ehrenhafter Beruf – genau wie Notar, der Beruf seines Vaters, für welchen die Ausbildung aber zu teuer gewesen wäre, um auch nur einen Moment in Betracht gezogen zu werden. Zudem hat das Priesteramt für Witwen, die nur Söhne haben, einen weiteren Vorteil, nämlich die Möglichkeit einer »anderen Frau« von vornherein auszuschließen – eine andere Frau, die von dem Moment, da die körperlichen Schmerzen bei der Geburt eines Sohnes vorüber sind, einer Mutter so bedrohlich vor Augen schwebt. Was hätte wünschenswerter sein können als ein gemütliches Pfarrhaus und der verordnete Friede einer Karriere, aus der alle weltlichen Leidenschaften mit ebenso grausamer Fürsorge entfernt werden wie beim Beschneiden einer Pflanze, die nur eine perfekte Blüte tragen soll – in diesem

Fall die standhafte und fraglose Hingabe an den einzig wahren Glauben –, und dazu eine umsichtige Mutter, die das bescheidene Gehalt bestmöglich anlegt und den Haushalt führt?

Die Natur konnte mit sich zufrieden sein. Das schmale, scharf geschnittene Gesicht mit breiter, vorragender Stirn war gewiss um ein Gehirn geformt, das sich für intellektuelle Aufgaben eignete. Und der zarte Körperbau, geschwächt von jener unerklärlichen Knochenkrankheit, die sich ins Fleisch des Knöchels fraß, der nun von dem Bürostuhl baumelte – und die alle Ärzte der Insel mit einer eiternden Wunde abgeschreckt hatte, die nicht heilen wollte –, all das deutete auf die Notwendigkeit, ein untätiges Leben zu führen.

Doch da gab es noch die Seele, mit der man rechnen musste, und das dürre Kind in dem dünnen, karierten Kittel, der später gegen einen ausgebleichten Anzug aus gelber Seide getauscht wurde – aus dem eine ganze Familie älterer Cousins herausgewachsen war –, und die weißen Socken eines Inselschuljungen, der die Seele eines Seeräubers besaß.

In den Tagen, als er noch den karierten Kittel trug, spielte er, der Wind zu sein – ein lautstarker, aufbrausender Wind, der gelegentlich in einem jämmerlichen Hustenanfall mündete, aber im Großen und Ganzen doch ziemlich wild war. Dann wieder war er ein Dreidecker unter vollen Segeln, während er das Schultertuch seiner Mutter zwischen seinen Armen spannte; schaukelnd in den Tälern gewaltiger Wogen; unter dem Übergewicht topplastiger Segel riesigen Sturzwellen ausgesetzt. Immer mit gesetzten Royalsegeln. Woher er das Wort kannte, hätte er nicht sagen können, aber er kannte es. Dann wieder – und dies war das Spiel, das nichts von einem Spiel an sich hatte, das ihn ganz und gar in Beschlag nahm, das den Schrank in einen turmhohen Dreidecker und das kleine Schränkchen in eine schmucke, aber bedrohliche Fregatte verwandelte – war er ein Ruderer, der sich verzweifelt über den kahlen Holzfußboden kämpfte, der sich auf geheimnisvolle Weise auf berghohen Wellen hob und senkte; während der Weidenkorb, in dem er sich mit Spazierstock und Regenschirm als Ruder vorwagte, Abenteuer jenseits aller Vorstellungskraft erlebte – Stürme und Wellen, die so schrecklich waren, dass der kleine André schließlich fast ohnmächtig von seiner sturmgepeitschten Bark gezogen wurde; um dann den Nachmittag in dankbarer Trägheit auf dem Bett liegend zu verbringen, ein mit Essigwasser getränktes Taschentuch auf seiner zu großen Stirn.

Später – woher der Junge die Bücher hatte, fand *la Veuve* Bertle nie heraus – verschlang er Abenteuergeschichten, behelligte jeden Nachbarn, der in die Stadt ging, die Polizeibibliothek für ihn zu plündern; stürzte sich auf die Bände wie ein ausgehungerter Wolf auf etwas Essbares; suchte nach Wörtern wie »Schiff« und »Meer« und riss ihnen das Herz heraus, während seine Geografiestunden zu einer regelrechten Orgie wurden und der Globus, den ihm ein wohlwollender Professor geschenkt hatte, ihm weitreichendere Visionen bot als jede Kristallkugel.

Für die anderen Knaben war Europa ein weit entfernter, unwirklicher Ort, von dem einige

Gegenden nur deshalb interessant waren, weil sie einen Markt für den Zucker der Insel boten; während England mit der Insel – für sie immer noch der Mittelpunkt des Universums – durch die Tatsache verbunden war, dass beide auf der Karte dieselbe Farbe hatten und dass England zufällig von demselben Volk beherrscht wurde wie die Insel, die immer noch fest zwischen Daumen und Zeigefinger des »Code Napoléon« eingeklemmt war, des einzigen nennenswerten Rechtssystems.[5]

Für André waren solche Orte jedoch real – zumindest die Seehäfen, denn das Landesinnere war nicht der Rede wert. Er war dort gewesen. Er reiste wieder dorthin – fast jede Nacht, in seinen Träumen. Und wenn der Lehrer von den plötzlichen Stürmen erzählte, die über das blaue Mittelmeer fegten, vom Aufruhr an der Küste Spaniens, vom treibenden Nebel im Ärmelkanal, dann fühlte er Hitze und Wallungen, sodass er sich wunderte, warum seine Schulkameraden nicht merkten, wie stark sich seine Muskeln in den Ärmeln aus gelber Seide wölbten, und wie der frische Wind – so anders als die heiße, parfümierte Luft der Insel – seine Wangen rötete und ihn zwang, seine Lungen mit tiefen, köstlichen Atemzügen zu füllen.

André Bertle hatte nie bewusst den Riemen eines Ruderboots in die Hand genommen, aber in seinen Träumen ruderte er. Er saß aufrecht in seinem Bett und pullte in mächtigen Zügen, nur durch einen Druck an der Hüfte behindert, der, wie er beim Erwachen herausfand, von seinem Nachthemd stammte, das sich im Schlaf fest um seinen Leib gewickelt hatte.

Dieser Traum endete immer auf dieselbe Weise – mit dem splitternden Bersten der Riemen bis hinauf zu seinen Händen und der Mündung einer großen Kanone, von der er sich in seinen wachen Stunden vorstellte, wie sie Feuer und Rauch spuckte. In seinem Traum war davon allerdings nichts zu sehen. Anfangs hörte er lediglich ein tiefes Grollen – weit mehr als ein bloßes Geräusch –, das ihm das Gefühl gab, als wäre seine ganze Brust offen und entsetzlich leer, dann eine Schwärze, in der sein verwirrtes Bewusstsein über der Leere schwebte; Glieder, Kopf, Herz und Hirn existierten nicht mehr, bis sich sein ganzes Wesen erhob, um durch qualvolles Erbrechen die Leere zu füllen. Gleichzeitig traf ihn etwas mit voller Wucht in der Körpermitte, sodass er schreiend erwachte. Seine Mutter nannte es *»une douleur d'estomac«*[6] und behandelte es mit »Ayapana[7] und Kamille«, obwohl es eher wie heißes Blei brannte.

Priester zu sein! Unvorstellbar. Gebete murmeln, Kranke besuchen, Beichten anhören und Absolution erteilen, während diese gewaltigen Stürme ewig in seinen Ohren tosten! Zweimal lief er fort, hinunter zum Hafen und an Bord eines Dampfers, drängte sich als Kabinensteward, Küchenjunge oder sonstige Hilfskraft auf. Doch niemand wollte ihn, und man brachte ihn schändlich zurück zu seiner weinenden Mutter, mit der er schließlich einen Kompromiss aushandelte. Dass er zur See fuhr, kam gar nicht infrage, denn die Wunde an seinem Knöchel musste ja ständig versorgt werden, und die Nachwirkungen einer aus den Fugen geratenen Verdauung und Fantasie hatten gemeinsam dazu geführt, dass der Schmerz in seiner Körpermitte nun täglich auftrat. Zumindest lautete so die Diagnose der Ärzte. André wusste es besser. Man wird nicht jede Nacht von einer Kartätsche in den Eingeweiden getötet, ohne gewisse Nachwirkungen zu spüren. Sogar die Rückkehr ins Leben – in Form des Erwachens – war eine schmerzhafte Angelegenheit.

Jedenfalls führte das alles dazu, dass ein alter Klient seines Vaters ihm eine Anstellung im Hafenbüro eines Zuckerhändlers vermittelte.

»Jetzt bist du wohl glücklich. Direkt an der Meeresküste, an dem Punkt der Insel, der am weitesten von der Mutter entfernt ist, die dich geboren hat, und die nur noch Haut und Knochen ist, weil sie sich wegen deiner Launen so große Sorgen macht«, bemerkte die Witwe mit wehmütiger Bitterkeit.

Glücklich? Haben Kompromisse jemals glücklich gemacht? Ständig die Welt zu sehen und zu riechen, die ihn so faszinierte? Tag für Tag die großen Schiffe beim Auslaufen zu beobachten, die sein Herz über den Rand der Welt entführten, und dabei zurückgelassen zu werden, auf dem hohen Bürostuhl hockend wie ein Huhn auf der Stange, und mit den Kaprizen eines dummen, klebrigen Füllers und einem Irrgarten aus Zahlen zu ringen. Irgendwo hatte er von einem Kerbholz gehört – so sollte ein Mann seine Bücher führen, mit einem Messer und einem Stück Holz.

Das Trampschiff vor dem Bürofenster ging unter Dampf, und der rosa Abendhimmel wurde nun von einem üblen schwarzen Rauch verdeckt und nicht mehr vom deutlichen Umriss des Krans.

Als der Abend anbrach, kam ein leichter, feuchter Wind auf. Die unbefestigte Jalousie wurde weit aufgeweht; und dort am Heck des Dampfers lag ein Segelschiff, eine schöne Bark, auf der sogar eben die Segel gesetzt wurden.

Es schien heißer zu sein denn je, denn der Wind hatte nichts Frisches an sich. Doch als ein Kollege von André den Raum betrat, einen großen Folianten auf den Schreibtisch neben sich fallen ließ und etwas murmelte wie »Genug für heute«, hinausging und die Tür hinter sich zuschlug, schien es dem Jungen plötzlich kalt über den Rücken zu laufen, wobei der Schweiß auf seiner Haut zu einer eisigen Steifheit führte. Während er sich noch tiefer über seinen Schreibtisch beugte, verschwand der Dampfer aus seiner Sicht, und das Segelschiff glitt vorwärts.

Andrés Kinn lag auf dem Hauptbuch, seine geröteten Augen richteten sich auf das offene Fenster. Er war hellwach, vollkommen klar im Kopf. Doch dann geschah etwas, das den Ereignissen in seinen Träumen sehr ähnelte. Die Fensteröffnung wurde breiter, bis sie die ganze Wand des Zimmers einnahm. Erst konnte man nur die Hälfte der Segel und Takelage des Schiffes sehen, doch nun zeigte sich alles in voller Größe hoch über dem Wasser. Er hatte sich geirrt; es war keine Bark, sondern ein Dreidecker mit stumpfnasigem Bug, schweren Spieren, viereckigen Geschützpforten und hoch aufragendem Achterdeck.

Und dann packte ihn etwas um die Taille. »Ich

muss wohl schlafen«, hörte er sich sagen. »Das verdammte Nachthemd hat sich wieder aufgerollt.« Und er versuchte, die Hände nach hinten zu strecken, um es glatt zu streichen, wobei ihn ein neuer Aspekt seines Traums bestürzte. Denn das Ding, was es auch war, rasselte, als er sich bewegte, und seine Hände wurden festgehalten, während sie etwas Rundes, Hartes umfassten; gleichzeitig berührte eine andere grobe, raue Hand die seine; widerliche Körper drängten sich links und rechts an ihn, und der Boden hob sich unter seinen Füßen.

Eine Peitsche zischte über seinem Kopf und schnitt ihm tief ins nackte Fleisch. André duckte sich, als wäre er seit Langem daran gewöhnt, und warf sich nach vorn über das Ding, das er festhielt und das ihn im Gegenzug hin und her riss; er blickte von links nach rechts, zählte fünf Paar Hände, allesamt wie seine eigenen, entsetzlich rissig und rot; folgte mit seinen Augen vom letzten Mann auf der rechten Seite einer runden Holzstange, die links durch ein rundes Loch in einer dunklen Holzwand verschwand; und dort erhaschte er einen Blick auf die offene See – grau, bis auf die Wellenkronen, die vom Wind zu Gischt aufgepeitscht wurden.

Plötzlich erinnerte er sich – ihn überkam eine absolut qualvolle Erinnerung, in der es schien, als kämpften Körper und Seele miteinander: ein Kampf, bei dem sich die Seele als stärker erwies und den Körper des kümmerlichen Jungen bezwang, zur Seite warf und sich einen neuen schuf, der ihren Bedürfnissen entsprach.

Er hielt einen Riemen in der Hand. Natürlich erinnerte er sich. Hatte er geträumt? Es war alles so klar wie das Tageslicht. Salz war in Dauphine teuer gewesen, und da er die fade Brühe, die seine tägliche Mahlzeit darstellte, unbedingt etwas nachwürzen wollte, war er nach Burgund aufgebrochen, um Kohl zu verkaufen und Salz zu kaufen. Deswegen hatte man ihn auf die Galeere geschickt. Jahre zuvor – wie viele, wusste er nicht mehr, obwohl er sich an jeden Schritt des Gewaltmarschs nach Marseille erinnerte, und wie die Frauen ihn verhöhnten und die Kinder ihn mit Steinen bewarfen, wenn er, wie die anderen

Gefangenen, seine kleine Holzschale vorstreckte, um Nahrung und Wasser zu erbetteln.

Es war so klar. Er war Nummer 24 in der Galeere *La Palme*, 150 Fuß vom Bug bis zum Heck, mit 250 Sklaven an den Riemen, in zwei Reihen, 25 an jeder Seite des mittleren Laufgangs oder Kökers – ungefähr vier Fuß über dem Deck –, auf dem die Unteraufseher, die *sous-comites*, mit ihren Peitschen auf und ab schritten, und fünf Ruderskłaven an jedem Riemen sowie eine Crew aus weiteren 150 Mann – Kapitän, Offiziere, Matrosen und Soldaten.

Es gab fünf Kanonen am Bug und eine *Coursier*[8] auf dem Hauptdeck, die niemand vergessen konnte, denn daran band man Übeltäter fest, um sie mit Stockschlägen zu bestrafen. Das Kapitänsquartier lag auf dem Vorderdeck; unter Deck befanden sich sechs kleine Kammern, genannt *Gavon*, *Escandolat*, *Kompagne*, *Paillot*, *Taverne* sowie die *Chambre de Proue*.[9] Von alldem konnte Nummer 24 nichts sehen – sah eigentlich gar nichts außer den vernarbten nackten Rücken der Männer vor ihm. Aber er wusste es. Es kehrte alles rechtzeitig zurück beim Schwung der Riemen, beim Lied der Peitsche und dem üblen Gestank nach ungewaschenen Männern und ihren Krankheiten.

»Pullt alle los ... Pullt alle los, ihr Hunde!« Er wusste, was dieser Befehl bedeutete – doppelte Geschwindigkeit, die einem Mann das Herz so sicher ausriss, wie ein Gärtner ein Unkraut mit einem Ruck zwischen Daumen und Zeigefinger ausrupfen kann. Sie hatten zwölf Stunden gerudert, und er fragte sich matt, ob der Pfiff je ertönen würde, um sie eine Zeit lang von den Riemen zu befreien, auf dass sie sich unter die Bänke fallen lassen und schlafen konnten. Seine Augen waren schwer vor enormer Erschöpfung, und der Schweiß – rot wie die Farbe seiner groben phrygischen Mütze – lief hinein und blendete sie, während das Blut aus seiner Schulterwunde eine kleine Pfütze in der Mulde der Lederschürze bildete und über seine Knie tropfte; sonst bedeckte nichts seine Blöße.

Eine Kette um seine Taille mit gerade so viel Spielraum, dass er den Riemen bedienen konnte, fixierte ihn auf seiner Bank; und es gab weitere Ketten um seine Knöchel, die auf dieselbe Weise seine Füße auf das Deck fesselten; dabei saßen seine Nachbarn so nah, dass ihre Eisen ihm bei jedem plötzlichen Schlingern der Galeere ins Fleisch schnitten. Zu seiner Linken saß ein *façonnier*[10] mit gespaltenen Ohren und Nasenlöchern, der unablässig fluchte, weil Nummer 24 bei seinem Erwachen in diesem anderen Leben einen Schlag ausgelassen hatte, sodass sie alle die Peitsche zu spüren bekamen; zu seiner Rechten saß einer, den sie *»forçats pour la foi«*[11] nannten, auch wenn André wusste, dass er eigentlich Marteilhe[12] hieß und unablässig betete. Nur Nummer 24 schwieg, denn er war ein echter Bauer, den die Natur – obwohl sie ihn schweigsam gemacht und seine Seele mit Stille eingedämmt hatte – ansonsten mit der Macht einer langsam anwachsenden Wut ausgestattet hatte, die Tag und Nacht wie Feuer in seinem Herzen brannte.

Die Ruderer waren mit Leinwänden abgeschirmt, damit sie nicht sahen, wohin sie fuhren oder was sie jagten, oder auf irgendeine Weise dem Feind Zeichen geben konnten. Doch dadurch und wegen des Befehls »Pullt alle los« wussten die Ruderer, dass bald ein Ende kommen würde – irgendein Ende.

Die Fußkette hatte gerade den Knöchel von Nummer 24 aufgescheuert. Es hatte lange gedauert, doch jetzt war sie bis zum Knochen vorgestoßen.

Sie wussten alle, dass die Jagd fast zu Ende war, denn die *sous-comites* brachten in Wein getunktes Brot, das sie den Ruderern, die seit dem letzten Abend nichts zu essen bekommen hatten, in den Mund stopften. Sie sollten keinen Schlag verpassen, wenn sie ihre Hände zum Mund führten, sondern für die letzte große Anstrengung bereit sein.

G-r-r-r...! Der Riemen, über dem André hing, hatte es dann doch verpasst und war nicht ins Wasser eingetaucht, während die Hüftkette die fünf Männer mit Übelkeit erregender Wucht nach hinten riss und der *comite*, der nun über den Laufgang schritt, entsetzlich fluchte und ihnen etwas verpasste, was die Soldaten »Salat«[13] nannten – einen Hieb mit der in Salzwasser getauchten Peitschenschnur.

Am letzten Sonntag hatte der Priester über die Gewissensbisse gepredigt, die sie befallen würden, nachdem er zuvor das Weihrauchgefäß kräftig geschwungen hatte, um Ungeziefer und Gestank zu vertreiben. Aber konnte man das Nagen eines Gewissens mit dem Reiben eines rostigen Eisens am bloßliegenden Knochen vergleichen?

Plötzlich donnerten die Kanonen, die fünf kleineren am Bug übertönten den tiefen Bass der *Coursier*, und Nummer 24 wusste, dass sie ihre Beute eingeholt hatten; während die *sous-comites* an den Reihen der Männer entlangliefen und deren Fußeisen lösten, damit sie freier und kräftiger rudern konnten. Denn Folgendes geschieht, wenn eine Galeere angreift: Die mit aller Kraft rudernden Sklaven rammen den Bug in das Heck des angegriffenen Schiffes, dann werfen die Soldaten die Enterhaken aus und entern.

Das ist im Grunde ganz einfach. Doch dieses Mal war der Kapitän der angegriffenen Fregatte zu schnell für sie.

Die Männer, die nun, soweit die Ketten es zuließen, aufgestanden waren, warfen sich mit frischer Kraft in die Riemen, die über dem Wasser schwebten und im Gleichtakt auf die Oberfläche stießen. Dann machten sich alle auf den Schock des Aufpralls gefasst, als die Fregatte durch eine plötzliche Drehung des Ruders auswich und längsseits gegen die Galeere stieß, wobei sie eine große Wasserwand erzeugte, die über die niedrige Heckreling schwappte und wie ein Dreschflegel auf die Ruderer niederging. An Backbord knickten alle Ruderblätter ab, während über der Leinwandabschirmung eine große Kanone direkt auf das Mitteldeck der Galeere zielte.

Nummer 24 kam es plötzlich so vor wie das Ende der Welt, als das zerbrochene Ruder, ohne irgendwo anzustoßen, in seinen Händen hin und her fegte.

Die Mündung der Kanone machte ihm keine Angst – daran war er gewöhnt. Es war sein zerbrochener Riemen. Die Veränderung des einzigen Gegenstands, den er für ewig gehalten hatte; der vor seinen Augen ein Menschenleben nach dem anderen überdauert hatte. Nichts mehr festhalten zu können, nichts zu tun zu haben, machte ihm so sehr zu schaffen, dass man denken konnte, er sei plötzlich von dem innigen Wunsch erfasst, dem Tod stehend zu begegnen – von Mann zu Mann.

Das Wasser, das die Fregatte über das Schanzkleid der Galeere gedrückt hatte, sammelte sich knietief zu seinen Füßen. Dem *façonier* war eine Ader geplatzt, als ihn der zerbrochene Riemen an seiner Hüftkette nach vorne riss, sodass er nicht mehr fluchte, sondern gegen Nummer 24 fiel und seine Eisen diesem ins Fleisch schnitten. Marteilhe betete immer noch zu Gott, der, wie jeder Narr weiß, keine Zeit an Galeerensklaven verschwendete, da er sich um *le Grand Monsieur*[14] und den ganzen Hof kümmern musste. Doch die anderen Männer schwiegen, hingen schlaff an ihren Hüftketten vorne über den zerbrochenen Riemen und starrten zur Kanone hinauf, die sie, wie sie genau wussten, als Erste erwischen würde – die Eingeweide der Galeere.

Dann endlich loderte das Feuer im Herzen

von Nummer 24 auf. Einen Moment – nicht länger, als es braucht, um diese Worte zu schreiben – kauerte er sich hin, zog sich in sich selbst zurück, spannte jeden Muskel an, bis das Blut in seinen Ohren dröhnte; und dann – mit knackenden Knochen, die sich durch sein Fleisch zu bohren schienen, während die Taillenkette bis zur Hüfte heruntergeschoben wurde – stemmte er sich nach oben, bis die Krampen, an denen die Kette befestigt war, sich mit einem laut reißenden Ton aus der Bank lösten und sie in ihrer gesamten Länge aufbrachen. Langsam, ganz langsam, zwang er sich hoch, riss die Holzsplitter heraus, die beim Aufstehen an seiner Hüfte hängen geblieben waren, und gab ein lautes Triumphgeschrei von sich, das mit einem Schwall heißen Blutes aus seinem Mund endete. Doch er stand endlich aufrecht – nach all diesen Jahren –, aufrecht und wieder ein Mann, nicht länger ein angekettetes Tier.

Über der Trennwand aus Leinen konnte er die graue Wasserwüste sehen, konnte das Schiff erkennen, dessentwegen sie sich das Herz aus dem Leib gerudert hatten – die kleine, dunkle, von

Kanonen strotzende Fregatte –, und dahinter die Gruppe von fünfunddreißig Handelsschiffen, denen sie Geleitschutz geben sollte und die wie eine Schar weißer Tauben vor dem Winde davonflogen … Und über alledem starrte ihm der Tod ins Gesicht.

Denn als er aufrecht stand, feuerte die Kanone, und mit ihrem Brüllen kam zunächst das totale Vakuum, dann die Leere, und dann erhob sich sein ganzes Wesen, um sie zu füllen.

Es gibt Menschen, die berühren einen mit dem Finger an der Brust, wenn sie einer Bemerkung Nachdruck verleihen wollen. Dasselbe tat die Kanone mit Nummer 24, nur etwas tiefer. Und die Berührung war heiß und heftig, aber zugleich ungeheuer zärtlich.

»André … André!« Der Ruf kam aus weiter Ferne – ein so klagender wie angstvoll besorgter Ruf, der André Bertles Seele dank eines alten, instinktiven Gehorsams aus den Gefilden der Vergangenheit zurück in die Gegenwart flattern ließ. André öffnete die schweren Lider, starrte auf das weiße, tränennasse Gesicht seiner Mutter, auf das weiße Häubchen der Krankenschwester, die kahle weiße Wand im Hafenspital und auf eine schmale Bettdecke.

»Er kommt zurück«, sagte die Schwester, und trotz der kaum vorhandenen Chance hatte sie recht.

»C'est la douleur d'estomac«, erklärte die Witwe. »Ich kann gar nicht sagen, wie viele Sorgen mir der Magen meines Sohnes in all den Jahren gemacht hat und wie viel Geld ich für seine Arzneien ausgegeben habe. Er hat keine Verdauung – gar keine. Keine andere Mutter auf der Insel hat einen solchen Sohn; und was passiert dann? Ihm fällt nichts anderes ein, als zur See zu fahren; sich den Kochkünsten von Leuten auszusetzen, die nichts, aber auch gar nichts über seinen Zustand wissen. Und jetzt dieser Anfall. Es ist der Magen, immer der Magen.«

»Ich wusste gar nicht, dass er auf See war. Er sieht nicht aus, als hätte er viel Zeit im Freien verbracht«, sagte die Schwester und fühlte mit den Fingern Andrés flatternden Puls.

»Na ja, nicht direkt auf See, aber an der See; in einem Büro direkt am Kai. Ich verstehe das nicht … Ich hab's nie verstanden.« Und die arme Mutter seufzte.

Ihr Sohn verstand es auch nicht. Momentan erinnerte er sich an beide Leben. Warum eigentlich hatte er zur See fahren wollen – wieder zur See fahren wollen? Er sah sich hin und her schleudern, ein schwaches Echo aus der Vergangenheit, das wieder und wieder zu jenem stärkeren Ich zurückgezogen wurde, das seinen Körper hochgerissen hatte, um dem Tod zu trotzen – Mann gegen Mann. Ja, so musste es sein. Die ganze Zeit war es der Tod gewesen, der ihn gerufen hatte.

»André … André!« Die Stimme der Mutter klang schrill vor Sorge, als sie auf die Knie fiel und die Hand ergriff, die von der Schwester sanft neben seinem Körper abgelegt worden war.

»André, André, komm zurück zu mir!«

Doch der Junge hörte auf einen anderen Ruf.

DIE GESCHICHTE DES SKIPPERS

Diese Pfeife von einem Maat hätte es besser wissen müssen, als ein Schwein in den Vierzigern schlachten zu lassen – vierzig Grad südlicher Breite und fünfzehn Grad östlicher Länge, da lagen wir, um genau zu sein. Am Vorabend hatte der Sonnenuntergang eine merkwürdig grüne Farbe gehabt, und es besteht immer die Möglichkeit, dass uns ein Zyklon von Mauritius erwischt – in diesen Vierzigern.

Es ist ja nicht so, dass er es nicht hätte wissen können. Jede alte Teerjacke weiß, dass garantiert schlechtes Wetter kommt, wenn man ein Schwein an Bord eines Schiffes schlachtet. Und er hat sich doch sonst immer um solche Sachen gekümmert – war ja auch sein Job; und weil der Morgen ganz blau war, besetzt mit weißen Schleierwolken, mit Wellen wie neugeborene Babys, wollte er's riskieren, beim Salondinner ein Stück frisches Schweinefleisch aufzutischen. Und das in den Vierzigern, den Wilden Vierzigern, wie man sie nennt.

Na, der Geist des Schweins muss auf der Heckreling gehockt und geplatzt sein vor Lachen, denn schon vor der nächsten Wache hatten wir so starken Wind, dass wir alle Mann an Deck rufen mussten, um Groß-, Fock- und Besansegel zu reffen, die's dabei beinah fortgerissen hätte. Danach die Obermarssegel am Groß- und Fockmast und den Klüver. Dann mussten wir auch noch die Vorbram- und Großbramsegel einholen, sodass nur die zwei Untermars- und Vorstagsegel blieben – und das keine Sekunde zu früh, denn der Wind packte schon das Schiff und schüttelte es wie ein Terrier eine Ratte.

Es war während der Tagwache, und der Wind kam aus dem Norden, drehte nach Westen, blies mit Blitz und Donner, und wenn's gerade nicht blitzte, war's so schwarz wie der Arbeitskittel des Herrn der Hölle.

Bis der Wind sich entschieden hatte, aus welcher Richtung er wehen wollte, hatten wir alle bis auf die Großmarssegel gerefft und drehten mit Backbordhalsen über Steuerbordbug bei; dann warteten wir auf den Windwechsel, der uns schlagartig treffen würde, sobald wir das Auge des Sturms durchquert hätten.

Wenn ihr noch nie einen Zyklon miterlebt habt, kann ich euch sagen, wie entsetzlich laut Wind und Wellen tosen; aber die Stille, wenn man das Auge erreicht, ist noch schlimmer; als wär' die ganze Welt gestorben und würd' mit all ihrem Gewicht auf deinem Bauch sitzen. Dann weht ein neuer Wind aus der Gegenrichtung, heftig, wie ein Hieb mit dem Dreschflegel. Und die See, die hat keine Zeit, zur Ruhe zu kommen, Winde und Wellen gehen allesamt in unterschiedliche Richtungen, bis die Wogen sich zu Pyramiden auftürmen. Es scheint, als würd' der Allmächtige mit der Welt ringen, so wie er's mit diesem Kerl aus der Bibel gemacht hat.[15]

Der Geist des Schweins saß lächelnd auf der Heckreling. Ob ich ihn gesehen hab? Nein, ich musste ihn nicht sehen, um zu wissen, dass er da war. Wär' dieses Schwein nicht geschlachtet worden, dann hätten wir bis Adelaide wohl keinen Sturm erlebt.

Also, die Kalme kam, und wir bereiteten das Schiff so gut wie möglich auf den Windwechsel vor. Doch als er dann kam, hob er zwei Backbord-Beiboote hoch und schleuderte sie gegen die Lee-Davits, riss dabei die ganzen Hüttenplanken ab und fegte sie auf das Hauptdeck.

Doch als der Wind sich legte, rechneten wir damit, dass es ein Weilchen dabei bleiben würde, und ich wollte gerade hinuntergehen und mir eine Mütze voll Schlaf gönnen, da sichteten wir ein Schiff luvwärts voraus.

Ich lief hinauf aufs Achterdeck und sah, dass es sich um eine abgetakelte Bark handelte, auf der nur rund zehn Fuß des Großmasts übrig waren, und an dem Stumpf flatterte das Notsignal. Durch mein Fernrohr konnte ich auch erkennen, dass die Crew noch an Bord war; die Männer standen alle am Bug, winkten und schienen ganz verzweifelt zu sein.

Wir drehten also bei, so nah, wie wir es wagten, holten die Gig heraus – das Rettungsboot war unter den zertrümmerten Booten – und schleppten sie wegen der schweren See leewärts, um sie an den Lee-Davits zu Wasser zu lassen.

Ich hatte noch nicht gefragt, ob jemand mit rüberrudern wollte, denn es hatte keinen Sinn, dieselbe Schlacht zweimal zu schlagen. Doch als die Gig im Wasser war, rief ich nach Freiwilligen. Keiner meldete sich, was mich nicht wunderte, denn vor ein, zwei Tagen war der Boden eingeschlagen worden, und man hatte das Leck eben erst verkittet. Dazu waren das Dollbord und die oberen Planken zerschmettert. Für einen Mühlteich wär' sie noch ganz gut gewesen, aber bei solch einem Seegang war sie wenig verlockend, und das ist die Wahrheit.

Aber nach einer Weile rief der Maat, er wolle mitkommen, was nur recht und billig war, da dieser Kerl ohne mein Wissen das Schwein hatte schlachten lassen. Und die schneidigen kleinen Lehrlinge riefen, sie wären auch dabei.

»Babys und Säuglinge, mitkommen«, sagte ich. »Aber ich geh auch mit, ob's nun gegen die

Regeln ist oder nicht, während ihr armen, feigen Dummköpfe eure Füße in warmes Wasser tunkt und mit dem Zweiten Offizier Grütze schlürft.«

Natürlich hätte ich mein Schiff nicht verlassen dürfen; doch die besten Dinge im Leben sind die, die wir nicht hätten tun sollen, schätz ich mal.

Ich, der Maat und die Jungs zogen also los, so gut es ging, denn es war so übel, dass auch die Klügsten sich gefürchtet hätten, und wir fluchten dabei freiheraus – alle bis auf die Jungs, denn ich mag's nicht, wenn Jungs fluchen; in ihrem Alter sollten sie lieber ans Beten denken.

Wir pirschten uns also an das Wrack ran, vertäuten die Gig und gingen so gut wie möglich an Bord, denn es nahm bei jedem Rollen eimerweise Wasser auf – und da ihm die Masten fehlten, um es im Gleichgewicht zu halten, rollte es ohne Unterlass.

Das Schiff schien keineswegs verlassen zu sein; wir hatten ja Männer an Bord gesichtet. Nun aber ließ sich keiner blicken, bis auf einen alten schwarzen Koch, der aus der Kombüsentür lugte wie eine Schildkröte aus ihrem Panzer und mit dem Daumen in Richtung Kajütgang wies. Und wir fluchten erneut, denn es kam uns äußerst unhöflich vor, dass sie uns nicht einmal Guten Tag sagten, wo wir doch solche Strapazen auf uns genommen hatten, um ihnen zu helfen.

So stolperten wir also bei jedem Schritt über zerbrochene Spieren und abgerissenes Tauwerk, wateten durch knietiefes Wasser und erreichten schließlich die Salontür, die geschlossen war. Wir traten sie einfach ein, da wir nicht das Gefühl hatten, dass man ein Übermaß an Höflichkeit von uns erwartete.

An Deck hörte man nichts außer dem Getöse der Naturgewalten, doch als wir die Salontür aufstießen, schien ein regelrechtes Babel auszubrechen, denn solch ein Stimmengewirr aus verschiedenen Sprachen hatte ich noch nie gehört.

Der Alte saß mit dem Rücken zu uns auf seinem Kleiderkasten. Sein Nähbeutel lag neben ihm, und er nähte seelenruhig mit einem enorm langen Faden einen Knopf an seine Ölzeughose. Dabei lagen links und rechts von ihm je eine Pistole griffbereit.

»Verzeiht, dass ich mich nicht umdrehe, um euch zu begrüßen«, sagte er, so höflich es ging. »Wenn ihr links und rechts neben mich tretet, können wir uns ganz bequem unterhalten.« Er wusste wohl, dass ihn mehr als eine Person besuchte, da er die Schatten gesehen hatte, die wir durch die offene Tür warfen. »Für mich wär's recht ungesund, wenn ich mich jetzt grad umdrehen würde«, fuhr er aalglatt fort.

Der Maat und ich traten links und rechts neben ihn, da erhob sich ein Geheul, wie es Zootiere ausstoßen, wenn sie ihr Futter riechen und es haben wollen.

Der Alte ließ die Nadel fallen und zückte blitzartig eine Pistole. »Ruhe da drüben«, knurrte er schleppend. »Luken dicht, da drüben – verdammte Bande –, *Luken dicht!*«

Er sprach sehr sanft und langsam, bis auf die letzten beiden Worte, die schnalzten wie eine Peitsche.

Am hinteren Ende des Salons hatte man den langen Tisch quer gestellt, und dahinter drängte sich die gesamte Crew mit Sack und Pack; ich erkannte sie an ihrer äußeren Erscheinung. *Und da standen sie.* Unter welchem Vorwand er sie alle dorthin nach achtern gelockt hatte, weiß ich nicht, aber da waren sie. Und da saß der Skipper mit seinem Nähzeug, sittsam wie 'ne Jungfrau, bis auf die Pistolen.

Die Männer stammten aus so ziemlich jedem Hafen, Spanier und Deutsche, Singhalesen, Madagassen und Schwarze. Sie waren schmutzig und unrasiert, rotäugig, durchnässt und völlig erschöpft, das konnte man sehen. Ich schätze, sie wollten nur eines – von diesem verdammten Schiff runterkommen, etwas zu essen und Wärme. So schien es, als sie alle einstimmig losbrüllten und über diesen Tisch zu uns rüberdrängten; doch alle wichen ebenso schnell wieder zurück, als sie in die Mündung der Pistolen des Alten blickten.

»Wollt ihr euch nicht setzen?«, sagte der Skipper und lud uns ein, links und rechts neben ihm auf der Kleiderkiste Platz zu nehmen, denn alle Stühle waren an Backbord des Tisches aufgestapelt. Und wir wollten gerade seiner Einladung wie verwirrte Tölpel folgen, was irgendwie ganz natürlich schien – da erinnerte ich mich – ich weiß gar nicht, warum, denn ich bin nicht gewohnt, Befehle zu befolgen –, warum wir gekommen waren, und blieb aufrecht stehen.

»Whiskey, Steward!«, schlug der Alte vor, sanft wie ein Lamm, mit einer Pistole in jeder Hand.

Der Steward war zwischen den anderen Männern eingeklemmt und hatte ein Bündel in der Hand, doch er rührte sich nicht.

»Whiskey«, wiederholte der Alte, so sanft wie vorher, aber mit einem scharfen Unterton in der Stimme.

Der Steward ließ sein Bündel fallen und trat zwischen den anderen Männern hervor, die der Skipper mit seinen Pistolen in Schach hielt, was mich irgendwie an einen Schäferhund erinnerte, der ein Schaf aus der Herde herausholt.

Der Mann ging zum Speiseschrank, brachte Whiskey, Wasser und Gläser und stellte alles vor uns ab. Der Kapitän schien sich seinetwegen keine Gedanken zu machen, denn er wusste, dass alle Teerjacken, Leute vom selben Schlag, wenn auf sich allein gestellt, ängstlich wie Kaninchen sind. Und so flitzte der Steward zurück zu seiner Herde, als er seinen Auftrag erledigt hatte.

»Bedient euch«, sagte der Alte, was wir auch taten – eher aus Gewohnheit als aus einem anderen Grund.

Der Kapitän nickte und lächelte seinen Männern zu, denen regelrecht Schaum vor dem Mund stand, als sie den Whiskey sahen.

»Demnächst, wenn diese Gentlemen wieder von Bord sind, gibt's vielleicht ein Tröpfchen Rum«, sagte er.

Bei diesen Worten stellte ich mein leeres Glas ab, und der Maat ebenso.

»Ihr habt dieses verdammte Notsignal gehisst«, sagte ich, »und wir sind durch eine höllische See rübergekommen, um euch zu helfen. Kommt ihr jetzt mit oder nicht?«

»Heute nicht, Sir, trotzdem besten Dank«, erwiderte der Alte und verbeugte sich äußerst höflich nach links und rechts.

Er hatte ein aufgeschwemmtes weißes, feistes Gesicht ohne nennenswerte Merkmale und schwammige, dicke weiße Hände; und er sah genauso aus wie diese Wespenmaden, mit denen wir angelten, als wir noch Kinder waren. Seine Augen waren klein wie die eines Schweins, aber hell und hart wie eine Messerspitze.

»Warum haben Sie dann das Signal gehisst?«

»Entschuldigung, ich habe das Signal nicht gehisst. Das war der Erste Offizier.«

»Dann sagen Sie dem Ersten Offizier, dass er vortreten und mit mir sprechen soll.«

Der Kapitän kicherte wie ein Mädchen. »Der Erste Offizier hat's gemütlicher, wo er jetzt ist«, sagte er. »Ich brauch auf diesem Schiff keine Leute, die auf eigene Rechnung Signale hissen. Und dieser Offizier ist plötzlich gestorben.«

»Kommen Sie jetzt also mit, oder kommen Sie nicht, mit oder ohne Offizier?«

»Nein, Sir, ich komme nicht.«

»Dann also Ihre Männer?«

»Die haben für die Fahrt angeheuert und bleiben an Bord, wenn sie nicht dem Offizier folgen möchten.«

Daraufhin erhob sich ein Geheul unter den Männern, und abermals drängten sie über den Tisch nach vorne; doch der Alte nahm sie sofort ins Visier, und sie wichen zurück, die Münder ganz schief von den Flüchen, die sie nicht auszusprechen wagten. Und ich staunte nicht schlecht, als ich sah, wie sehr sie sich fürchteten und wie fest der Alte sie im Griff hatte, selbst ohne die Pistolen.

»Sie müssen ja völlig bekloppt sein«, sagte ich, »denn in diesem Zustand schaffen Sie's nie bis an Land.«

»Ich fahr nach Mauritius und lass dort neue Masten einbauen.«

»Mann, das ist unmöglich … Sie fahren direkt in die Hölle und sonst nirgendwohin. Sie schaffen das nie und nimmer, das ist mal klar.«

»Dann geh ich eben unter. Ich bin seit zwanzig Jahren Kapitän auf diesem Schiff, und ich schwör bei Gott, ich bleib an Bord.«

»Aber die Männer …«

Bei diesen Worten sprang er auf – ganz schön flink für einen Mann seiner Größe.

»Männer!«, rief er. »Ihr seid Männer und keine Ratten – ihr bleibt doch dabei. Da war dieses Gefängnis in Santa Rosalie, aus dem ich euch rausgeholt hab, um neu anzufangen. Da gab's die kleine Schießerei in Frisco und das Gelbfieber in Java, und dann ist in Stockholm die Ladung verrutscht … Dann Kalkutta und Aden und Tamatave … und jetzt wollt ihr aufgeben, jetzt, wegen dem bisschen Mist hier, wenn ihr dran denkt, wie schlimm es war, als wir um Kap Hoorn und ins Eismeer gesegelt sind! Jetzt wollt ihr aufgeben?«

Man hörte ein vielfaches »Aye« von den Männern, aber mit einem zweifelnden Unterton, als hätten sie Angst und würden deshalb nur umso lauter schreien.

Der Alte knallte seine Pistolen links und rechts auf die Kleiderkiste.

»Dann geht … geht doch zum Teufel, allesamt! Ich schwör bei Gott, dass ich das Schiff ganz allein nach Port Louis bringe … Und jeder Hafen von dort bis Glasgow soll die Namen der Männer erfahren, die Schiss hatten … die Namen der Männer, die nicht zu ihrem Schiff hielten.

Geht doch ... geht, wenn ihr wollt, und seid alle verdammt!«

Ich kann bis heute nicht sagen, was mit dem Mann los war. Er hatte seine Pistolen gesenkt und trat zurück, damit die Männer gehen konnten. Doch etwas schien mir zu sagen, dass sie das nicht tun würden. Ich wär' auch nicht gegangen. Dieser dicke, bleiche Mann hielt uns ebenso in seinem Bann, wie er seine Crew im Griff hatte, aber wie er das machte, ging über meinen Verstand.

Man hätte die Stille im Salon, die nur vom schweren Atmen gestört wurde, in Stücke schneiden können. Das Tosen des Windes und der See schien so weit weg, als wären wir in einer anderen Welt – und in der Luft lag eine Macht, die ich mir nicht erklären konnte.

»Geht!«, wiederholte der Alte. »Geht!« – Und beim letzten Wort klang seine Stimme wie die eines Mädchens, das einem Mann sagen will, dass er bleiben soll.

»Man sagt, dass nur die Engländer Mumm in den Knochen haben«, sagte er. Und wie seine

Stimme klang! Ich hab so was mal bei einem eingeborenen Feldprediger gehört, und die Stimme war so verführerisch, dass sie ein Zicklein vom Futter weggelockt hätte. »Auf diesem Schiff gibt's keinen Engländer außer mir. Aber ihr werdet nicht gehen. Herrgott, ich kenn euch doch und weiß, wie wir zusammengehalten haben und weiterhin zusammenhalten werden, ob wir nun segeln oder untergehn. Wir bringen die Fracht in den Hafen oder saufen damit ab – Kapitän Keltman und seine Teufelskerle –, man kennt uns in jedem Hafen – und niemand kennt uns als Angsthasen –, wie, Jungs?« Und die Männer wiegten sich unter dem Ruf seiner Stimme wie ein Kornfeld im Wind, und ihnen liefen doch tatsächlich Tränen über die Wangen.

»Eigentlich muss ich euch gar nicht fragen – ihr bleibt, Jungs?«

»Aye, Sir, aye!«

Der Steward legte seine Hand auf den Tisch und schrie dabei wie eine Ratte in der Falle. Und als er darüberspringen wollte, packten sie ihn am Bein. Es gab eine kleine Rauferei, und jemand muss ihm auf den Kopf geschlagen haben, denn er kippte um.

Der Alte zog einen Schlüssel aus der Tasche und warf ihn über den Tisch.

»In der Vorratskammer hinter euch gibt's Rum, Jungs, und noch mehr im Frachtraum.« Und sie stürzten sich im Handumdrehen auf die Tür, schrien, fluchten und prahlten mit stolzgeschwellter Brust, ohne aufeinander zu achten, als würde jeder nur daran denken, sich selber Mut zu machen.

»Geht!«, flüsterte der Alte mir zu, ohne seine Crew einen Moment aus den Augen zu lassen. »Bevor sie es sich anders überlegen … Geht!«

Und wir gingen – ich, der Maat und die Lehrlinge –, patschten und stolperten blindlings über das überschwemmte Deck, über die Heckreling und in die Gig.

Ich hätte … ja, was denn? Wenn er mitsamt seiner Crew dem Allmächtigen gegenübertreten wollte, hatte das nichts mit mir zu tun – ich hatte verdammt noch mal getan, was ich konnte. Schließlich hat Gott die Männer erschaffen, und ich schätze, ihm gefallen sie so, wie sie sind; und ... na ja, es ging mich nichts an. Ich hätte dasselbe getan, wenn es möglich gewesen wär', ist doch klar. Und wir hatten schon genug damit zu tun, mit der halb vollgelaufenen Gig unser eigenes Schiff zu erreichen.

Unterwegs trafen wir eine andere Gig, ein Rettungsboot, und es war leer. Nun, es ging mich nichts an, wenn er seine Beiboote aussetzte und seine Männer an Bord festhielt – aber wir würden uns nicht einmischen. Jedenfalls blieben wir die ganze Nacht längsseits, falls der alte Knabe es sich vielleicht doch noch anders überlegte.

»Auf nach Mauritius!« Also, wenn er wirklich dort ankam, muss er wie der Blitz hingesaust sein, denn am nächsten Morgen war nichts mehr zu sehen außer dem wortkargen grauen Meer und dem grauen Himmel – und der Morgen verrät nie die Geschichten der Nacht.

SCHWERE SEE

Die Yeld-Jungs waren Zwillinge. Alle sagten, das sei schon ziemlich merkwürdig, denn Zwillinge sollten sich eigentlich ähnlich sein, doch Agar – sie nannten ihn den »tobsüchtigen Agar« – und sein Bruder Bran waren so verschieden, wie zwei Menschen nur sein können. Eigentlich sollen Zwillinge sich auch lieb haben, doch wäre es schwierig, in irgendeinem Hafen zwischen Bombay und Riga, zwischen Funchal und Frisco, von Kanton bis zu den Docks von Surrey zwei Männer zu finden, die einander mehr hassten. Agar sah mit angeberischer, lautstarker Verachtung auf seinen Bruder herab. Als sie beide noch Knaben waren, schikanierte er ihn gnadenlos, schlug ihn, nahm ihm alles weg, was er besaß. Ja, so war es immer; nahm ihm alles, was er hatte oder hätte haben können, sodass

Bran ihn mit einem gerechten Hass hasste, falls persönlicher Hass überhaupt gerecht sein kann, ihn fürchtete und so unablässig über ihn nachdachte, dass dessen kraftstrotzende, breitschultrige Gestalt, dessen gerötetes Gesicht und flammendes Haar alles andere unwichtig erscheinen ließen, sogar das Mädchen Ivy Dene.

Bran lag jede Nacht wach und grübelte, was er Agar antun, was er ihm sagen könnte; doch er unternahm nichts und sagte auch nur selten etwas.

Beide Männer waren für ein Leben auf See geboren und lebten, wenn sie zu Hause waren, in dem winzigen Dorf Rye Harbour mit seinen hohen, windschiefen, mit Schindeln verschalten Häusern am Rande des Tidebeckens des Flusses Rother.

Das Dorf lag flach auf dem Kieselstrand. An einer Seite lag der Fluss, bei Ebbe kaum mehr als Schlamm, an der anderen die grauen Häuschen und das graue Camber Castle. Davor erhoben sich Hügel aus Kies, die im Hochsommer in frischen Beeten von madonnablauem Borretsch und gelbem Hornmohn erblühten – der graue Kies, der Deich, grauer Schlamm und schlammiges Gras erstreckten sich eine ganze Meile bis zum Meer.

Dahinter lagen weitere Deiche, etwas grünere Weiden, verstreute Viehherden und dann das eigentliche Rye, labyrinthartig auf dem Hügel hängend, ewig gaffend wie die alte Frau aus der Ballade, die auf ihren abgeschnittenen Rock herabblickt an der Stelle, wo einst das Meer um ihre Füße schäumte wie Spitze und Batist, wo Galeonen und große Schiffe ihre Gaben auf die Kais gelegt hatten – feine Spitze, Gin und andere Schnäpse aus Holland, Seide und Wein aus Frankreich, Orangen und getrocknete Feigen aus Spanien.

Die beiden Jungs waren immer Feinde gewesen – nun ja, fast immer. Ganz am Anfang wäre Bran vielleicht noch bereit gewesen, seinen Bruder zu bewundern; ein freundliches Wort hätte sein Herz gewonnen. War er schwach, war sein Bruder stark; war er schlank und schüchtern, war sein Bruder stämmig und furchtlos, zumindest dem Anschein nach: Wenn jemand anderen Menschen Furcht einjagen kann, bemerkt wohl niemand, wie feige er ist. Bran hätte an seinem Bruder gern das bewundert, was ihm selber fehlte, um zu spüren, dass diese Eigenschaften eigentlich auch die seinen waren – schließlich waren sie Zwillinge. Ein solches Gefühl hätte zu der lebenslangen und schönen Zuneigung führen können, die man zuweilen unter Brüdern findet. Stattdessen führte es zu jenem bitteren Hass, der, wie wir bald sehen werden, zwischen Zwillingen ein schier unbeschreibliches Ausmaß erreichen kann. Agar konnte den Anblick von Bran nicht ertragen, konnte kaum an ihm vorübergehen, ohne ihm einen Tritt zu versetzen, und suchte ständig nach ihm, um genau dies zu tun – ihn zu treten, zu verhöhnen und zu peinigen. War Bran in der Nähe, wurde sein Gesicht noch röter als sonst; er fluchte, er könne mit solch einem Zwerg nichts gemein haben. Bran fühlte sich seinerseits so, als hätte man ihn grausam beraubt. Wenn schon nicht genug von Agar da war, um zwei Männer daraus zu machen, reichte es doch für eineinhalb; und wenn der liebe Gott fair gewesen wäre, hätte diese Hälfte dazu gedient, Brans schlanke Gestalt zu kräftigen, sein rechtes Bein, das einen Zoll kürzer war als das linke, zu verlängern, für Muskeln zu sorgen oder ihm wenigstens Blut und ein wenig von der auffallend blühenden Farbe seines Bruders mitzugeben.

Seht nur, um was Agar ihn beraubt hatte – die Hälfte von Fleisch und Knochen hätte ihm zugestanden –, und er hatte ihm auch seinen Glauben an Gott genommen. Denn wenn es einen Gott gäbe, wie hätte der zusehen können, wie man ihn schon im Mutterleib betrog und ihm alles nahm, was das Leben lebenswert macht – zuletzt auch Ivy Dene?

In ihrer Kindheit lag keine Schule näher als Rye, und sie marschierten jeden Tag hin und zurück und nahmen ihr Essen mit. Zwischen dem Aufbruch am Morgen – dem Abschiedskuss seiner Mutter, dem letzten Blick auf ihre winkende Hand – und der Rückkehr am späten Nachmittag verstrich für Bran Yeld jeden Tag ein langes, ganzes und ziemlich schreckliches Leben.

Er ging als Kind aus dem Haus, ängstlich, aber erfrischt vom Schlaf; jeden Abend kehrte er alt heim – alt und vor Elend grau im Gesicht.

Der Weg zur Schule war nicht so schlimm. Die größeren Jungs – es schien, als wäre Agar immer einer der größeren Jungs – trieben Schabernack am Rand der Deiche, jagten Schafe, warfen Steine nach Wasserratten und Teichhühnern, suchten nach Vogeleiern, Erdkastanien und Wasserkresse.

Die ersten Schulstunden waren nicht so schlimm. Ivy Dene war neben ihm gegangen, und jetzt saß sie in derselben Klasse. Sie wechselten immer zusammen in die höhere Klasse, während Agar mürrisch und mit finsterem Blick sitzen blieb. »Ich würd' dem Knirps am liebsten eine reinhauen, wenn ich für so schwächliche Mucker was übrighätt'«, sagte er. Doch er schlug ihn nie, jedenfalls nicht in der Klasse. Er nahm ihn sich in der Vormittagspause auf dem asphaltierten Spielplatz vor, in der Mittagspause hinter einem Heuschober oder einer Hecke. Er legte es nicht nur darauf an, Bran zu schikanieren; er demütigte ihn, zwang ihn, seinen großen Zeh zu küssen, als wäre er der Papst; etwas zu essen, das er selbst ausgespuckt hatte, und dies auch noch vor Ivy Dene. Noch schlimmer als das: Auf dem Nachhauseweg drehte er seine Finger ins schlohweiße Haar des Mädchens, das laut nach Bran schrie, sie zu befreien – nach Bran, der kaum mehr tun konnte, als nach Agars Schienbeinen zu treten und ihn zu kratzen, wobei er auf seinem einen schwachen Bein seitwärts kippte und vor Wut, Hass und wegen der herzzerreißenden Erschöpfung des Tages viel stärker an Ivys kleinem Schmerz litt als an seinem eigenen großen. Trotz allem brauchte Agar immer nur in die Runde zu blicken und mit dem Daumen zu zucken, und Ivy folgte ihm.

Oft stahl sich Bran nach dem Tee davon, lief entlang der Mulden zwischen windverwehten Hügeln aus Kies, fand Ivy, setzte sich zu ihr, legte den Arm um ihre Schultern, tröstete sie und summte ihr etwas vor, wie eine Mutter, während sie ihm den Kopf auf die Schulter legte und sagte: »Bei dir bin ich immer glücklich, Bran. Oh,

Bran, ich hab dich so lieb! Lass Agar nicht in meine Nähe! Niemals! Nie! Er ist grässlich, grässlich.«

»Und trotzdem folgst du ihm.«

»Ich bin ihm nicht gefolgt, weil ich wollte, sondern weil ich musste. Ich habe Angst vor ihm, Bran Yeld – so wie meine Zähne Angst vor Zitrone haben.«

»Trotzdem gehst du mit ihm.« Es war hart für Bran, so streng zu ihr zu sein, und doch blieb er dabei; es schien, als wäre da etwas, das er in Erfahrung bringen musste.

»Aber ich geh nicht gern mit ihm. Oh, Bran, ich geh nicht gern mit ihm; ich will tot umfallen, wenn ich's täte.« Sie rückte ein wenig von Bran ab und sah ihn an, und er wusste, dass sie die Wahrheit sagte. Sie erbleichte, als sie an Agar dachte. »Er hat ein Hündchen angebunden, das er beim Streunen gefunden hatte«, flüsterte sie Bran eines Tages ins Ohr, »und dann ließ er ihm von einem der Kampfhähne von Squire Tasker die Augen auspicken.« Sie kniff ihre eigenen großen blassblauen Augen vor Schrecken zusammen.

»Du hättest nicht hinschauen sollen«, sagte Bran streng; und dann weinte sie.

»Ich wollt' nicht hinschauen, aber er hat's mir befohlen, also musst' ich's tun«, jammerte sie, während Bran sie küsste und tröstete, zu ihren Füßen kniete und ihre schlanken, kleinen Hände an seine Lippen führte.

Bran brachte ihr Vergissmeinnicht von den Deichen, flocht für sie Kränze aus rosa Ackerwinde. Er schrieb ein kleines Gedicht für sie und sang es ihr vor:

Sie ist sehr rosa und weiß;
Sie wird acht, soviel ich weiß.
Wär' sie meine Frau, ja, dann
Liebt' ich sie ein Leben lang.

Er machte für sie auch einen Perlenring, die Perlen so blau wie ihre Augen – echte, ganz blaue Perlen –, und sie waren verlobt.

Dann, eines Tages, kam sie so spät zur Schule, dass Bran schon befürchtete, sie würde gar nicht kommen, und sie schämte sich so sehr, dass sie sich kaum traute, durch die Tür hereinzuschleichen. Um den Hals, an einem Stück Zwirn, trug sie eine barbarische Trophäe – eine tote Spitzmaus.

»Er hat mir befohlen, sie zu tragen, und ich musst' es tun, obwohl ich lieber tot umgefallen wär'.« Mehr konnte sie nicht sagen.

Mit dreizehn war sie, zwei Jahre jünger als die Zwillinge, groß und schlank und von so heller Gesichtsfarbe wie der bleiche Strand – bis auf ihre Augen, die zur gleichen Farbe wie der Borretsch nachgedunkelt waren – und so schüchtern, lieb, freundlich und gütig, wie ein Mädchen nur sein konnte.

Agar hatte bereits auf einem Schiff angeheuert. Bran würde ihm bald folgen; er war nicht so stark wie sein Bruder und konnte sich ebenso gut eine Zeit lang mit Fischernetz und Angelschnüren begnügen.

Wenn sein Bruder fort war, war Bran ungeheuer glücklich, so glücklich, dass er glaubte, niemand auf der Welt könne so eine Lebensfreude genießen wie er, habe so ein Mädchen als Liebste, finde das Meer und den Himmel, die rotbraunen Segel und den grauen und lila Kies so schön wie er.

Von dem Augenblick an, da sein Bruder heimkehrte, war er jedoch wie besessen; er konnte an nichts anderes denken. Er hasste Agar um seiner selbst willen, aber noch mehr hasste er ihn wegen der Art, wie er jeden seiner Gedanken beherrschte, wie er sich zwischen ihn und alles Schöne, Liebliche und Zarte drängte.

Als Agar das erste Mal prahlte, Ivys Lippen geküsst zu haben, die so leicht gerötet, glatt und schön geformt seien, hätte Bran ihn umbringen können. Er hätte ihn umgebracht, wären die unterschiedlichen Bilder der Tat, eines schrecklicher als das andere, nicht so rasch aufeinandergefolgt, dass seine Entschlossenheit nachließ. Außerdem schien es, als würde Agar ihm jedes Mal, wenn er ihn sah, mit rotem Gesicht, stolz und verächtlich gegenübertreten.

Er würde ihn trotzdem eines Tages töten. Das sagte er sich immer wieder; er, Bran Yeld, mit seinem langen, deutlich blassen Gesicht und weichen, dünnen, dunklen Haaren, seinen braunen Augen, schüchtern und flehend wie die eines Rehs; mit seiner sanften Wehmut – Bran, der ohne seinen Bruder, der ihn zwang zu hassen, vielleicht sogar als eine Art Heiliger durchgegangen wäre.

Wenn Agar auf Reisen war, vergaß er seinen Bruder; kehrte er heim, gab es kein Vergessen. Agar prahlte mit seinen sorglosen Liebschaften in jedem Hafen; doch zu Hause in Rye Harbour teilte er seine Aufmerksamkeiten zwischen dem dunkeläugigen Mädchen im Gasthof und der blassen Ivy Dene.

Brans Vorstellung von Liebe bestand nur aus Geben, Agars nur aus Nehmen. Bran gab Blumen und Bücher, Pflanzen, die er selbst gesät hatte, Obst, das er pflücken oder kaufen konnte; doch wenn Agar überhaupt etwas gab, ging er klüger vor als seine Altersgenossen.

Eines Tages besuchte Bran gegen Abend Ivys Haus mit einem Korb voller Brombeeren, geschmückt mit knallroten Blättern, mehr Blätter als Beeren. Als er die Küche betrat, stand

Mrs. Dene am Tisch und häutete einen Hasen. Ivy saß in einer Ecke, die Hände im Schoß. Bran meinte, den Schein eines vergangenen, selbstzufriedenen Lächelns in ihren Augen zu sehen.

Mrs. Dene zog dem Hasen das Fell ab, als würde sie einen Handschuh ausziehen, und hielt das schwach grinsende, blutige Ding an einem Bein hoch.

»Hier«, sagte sie. »Das ist mal eine Liebesgabe, die was wert ist. Dein Bruder Agar hat es unsrer Ivy als Geschenk mitgebracht. Ein schönes dazu; vier ganze Mahlzeiten für uns einsame Frauen, dafür leg ich meine Hand ins Feuer. Eine Liebesgabe von Wert. Komm schon, Bran Yeld, schaff mal deinen Plunder raus. Ich hab genug davon, das Zeug verstopft mir das ganze Haus. Bei Agar sieht's anders aus. Erst letzte Woche hat er ihr 'nen Korb voll Fisch gebracht.« Sie hielt inne, um durchzuatmen, dann setzte sie ihre Geschichte in schrillem Ton fort: »He, komm schon, steh hier nicht rum und halt Maulaffen feil, Bran Yeld, denn ich will nicht, dass du deinen ganzen Mist im Haus verteilst und meinem Mädchen nachsteigst. Was kannst du ihr schon bieten, wenn du sie heiratest, sag mir das mal, du mit deinem Krempel … Drei Nummern vorm Speiseschrank und ein Glas kaltes Wasser!« Sie lachte laut und derb. »Komm schon, hör auf mit dem Quatsch!«

Sprach's und packte grob seinen kleinen Korb und warf ihn samt Inhalt aus dem Fenster. Bran sah Ivy an. Sie bedeckte ihren Mund mit einer Hand, doch ihre Augen lachten.

Nachher stellte er sie zur Rede.

»Ich hab dich nicht ausgelacht, Bran Yeld. Aber … aber du hast so belämmert dreingeschaut.«

Sie warf ihm einen mitleiderregenden Blick zu.

»Es ist ja nicht so, dass ich Agar mag. Ich hab Angst vor ihm, mit seinem flammend roten Haar. Du bist der, den ich liebe, Bran Yeld«, rief sie. Und Bran umarmte, küsste und tröstete sie.

Doch am nächsten Abend war sie mit Agar draußen am Kieselstrand. Bran schwitzte Blut und Tränen, als er hörte, wie Agar lachte und ihr dicke, schmatzende Küsse verpasste.

Kurz darauf brach Bran zu seiner ersten großen Fahrt auf, rund um das Kap der Guten Hoffnung nach Australien und weiter nach Frisco, dann runter zum Kap Hoorn und wieder nach Hause.

Als er heimkehrte, stellte er fest, dass Ivy seinen Bruder geheiratet hatte, der über seinem Bier offen damit prahlte, dass er sie nur geheiratet hatte, um sie tüchtig zu verprügeln und weil sie gut kochen konnte. Teils deswegen und teils seinem wehleidigen jüngeren Bruder zum Trotz – drei Minuten jünger als er, hatte zumindest die Hebamme gesagt.

Danach kamen und gingen die beiden Brüder, manchmal hatten sie lange Fahrten, manchmal kurze, aber aufgrund irgendeines Zufalls reiste der eine immer nach Osten, wenn der andere nach Westen fuhr, und nie kamen sie gleichzeitig in denselben Hafen oder auf dasselbe Schiff.

Beide hielten sich gleichermaßen von der langweiligen Küstenschifffahrt fern, denn beiden steckte das Blut der Hochseematrosen in den Adern; das war der einzige Punkt, in dem sie sich ähnlich waren. Agar war stärker und zäher, doch Bran beherrschte das Seefahrerhandwerk viel besser als er. Was Dampfschiffe anging, so verachteten sie diese alle beide. »Ich würd' lieber gar nicht zur See fahren als mit einem Dampfer«, behaupteten sie.

Zwischen den Fahrten kehrten sie zurück zum Hafen, der eine Mann zu seiner Mutter, der andere zu seiner Frau.

Ivy erwartete ein Kind.

»Ich warte, bis es geboren ist, ehe ich den Mann umbringe, sonst könnte der Schreck ihr schaden«, dachte Bran. Als das Kind dann tot zur Welt kam, schien es, als wäre Ivy zu niedergeschlagen, um einen weiteren Schock zu ertragen; ihre Leben schienen sich zu einer unveränderlichen, trostlosen Dämmerung, so grau wie die Dünen, eingependelt zu haben.

Dann, eines Abends, traf Bran sie zwischen den Sandhügeln am hinteren Ende des Hafens, und sie weinte.

Sie fürchtete sich, fürchtete sich, sagte sie.

»Er hat mir immer Angst eingejagt mit seinem

flammend roten Haar und seinen gelben Augen, immer, immer! Grässlich, genau das ist er, dein Bruder, Bran Yeld.«

»Warum hast du ihn denn geheiratet?«

»Ich wollt' es nicht, aber ich hab's getan.« Ihre Stimme schleppte sich tonlos zwischen Müdigkeit und Verzweiflung dahin. »Aye, du hast ja recht. Ich hab's getan, obwohl ich's nicht wollte.«

»Du hast ihn geliebt?«

»Hab ich nicht. Dich hab ich geliebt, Bran Yeld, aber während du ständig deine Blumen und Verse angeschleppt hast, hat er mich genommen, auch wenn ich's nicht wollte. Und jetzt leb ich in der Hölle, Bran Yeld, Tag und Nacht, wann immer er zu Hause ist.«

Sie zog den Kragen ihres zerrissenen, ausgeblichenen Kleides herunter – arme Ivy, deren schöne Sanftmut derart befleckt, verblichen und verblasst war – und zeigte ihre blauen Flecken.

»Gott sei Dank geht er nächste Woche auf eine lange Fahrt nach Australien, und vielleicht bin ich schon tot, wenn er heimkommt. Bitte, lieber Gott, lass mich sterben«, weinte sie.

Auch Bran blieb nur eine weitere Woche zu Hause. Er beobachtete Agar, sein Kommen und Gehen, folgte seinen trunkenen Schritten nachts auf dem Heimweg; doch er war nie allein, er war nie ausreichend betrunken, um hilflos zu sein. Die Woche verging, und er lebte immer noch, als Bran nach Schottland aufbrach, um in Glasgow an Bord seines Schiffes zu gehen. Er war schon einmal darauf gesegelt und kannte es gut. Er hatte Freunde in der Stadt, und da es ihm das Herz zerriss und er glaubte, nichts weiter tun zu können, zog er einen Tag früher als nötig los.

Als am nächsten Morgen der Rest der Crew an Bord ging, war unter ihnen doch tatsächlich Agar!

»Jetzt«, dachte Bran. Es war ihm nie in den Sinn gekommen, dass es falsch wäre, seinen Bruder umzubringen. Wo immer Agar aufkreuzte, brachte er Unheil mit sich; er hatte das Herz seiner Mutter gebrochen, er tötete seine Frau. Und doch war Bran irgendwie froh, dass die Sache nun geregelt werden sollte, dass der Mann ihm nun anscheinend ausgeliefert war.

Doch wieder einmal schien ihn das Pech zu verfolgen, denn die Brüder wurden verschiedenen Wachen zugeteilt, und es schien, als wären sie nie zur selben Zeit am selben Ort.

Es war von Anfang an eine schlechte Fahrt. Jemand hatte dem Alten kurz vor der Abfahrt ein Schweinchen geschenkt, und er nahm es mit an Bord, schlachtete es, als sie noch vor der Westküste Irlands lagen. Das brachte sie in jenen stürmischen Breiten in Lebensgefahr, wo er doch ebenso gut hätte warten können, bis sie den Kalmengürtel erreichten, und all das für ein Stück frisches Schweinefleisch, wo sie nicht einmal zwei Wochen auf See waren. Kein Wunder, dass die Männer murrten; denn jeder Hochseematrose weiß genau, dass Wind aufkommt, wenn man ein Schwein an Bord schlachtet.

In einer stürmischen Mitternacht rief man die Wache an Deck, um die Großmastrahen zu brassen, und Bran arbeitete mit seinem Bruder an dem Gangspill. Doch Agar ging hinter Bran, trat ihm boshaft auf die Fersen, und es gab keine Gelegenheit, ihm zu Leibe zu rücken.

Sie brassten die Rahen und sangen

Yo-ho, Piper, watch her how she goes.

Er kam wieder in seine Nähe, als die Fockmastrahen gebrasst wurden, doch große Wellen durchnässten sie beide gleichermaßen, und keiner hatte eine Hand frei.

Falls die Winde je ein bestimmtes Schiff auf dem Kieker hatten, dann war es die *Catherine* auf dieser Fahrt. Entlang der ganzen Westküste Irlands wurde sie herumgezerrt und durchgerüttelt, bis sie eigentlich kurz vor der Bahn der nordöstlichen Passatwinde hätte herauskommen müssen. Hier geriet sie in eine starke Dünung, schlimmer als jede völlige Flaute, wenn ihre schlaffen Segel an der Takelage rieben und scheuerten, und ebenso an den Herzen der Crew.

Um sie zu beschäftigen, ließ der Alte die Männer das Deck schrubben und den Anstrich ausbessern.

Bran, der geschickt mit dem Pinsel umging, wurde beauftragt, das Achterschott mit einer eichenholzähnlichen Maserung zu versehen.

Agar schrubbte die Decks; immer wieder musterte Bran den breiten Rücken in dem blauen Hemd und dachte: »Eine gute Stelle für ein Messer«; doch eine Zeit lang waren die beiden Männer nie allein an Deck. Außerdem hatte Bran das Gefühl, dass seine Zeit kommen würde. Gott – nun glaubte er wieder an Gott – hatte seinen Feind zu ihm auf dieses Schiff gesandt. Alles andere würde sich fügen.

Eines Tages, als er mit dem Achterschott fertig war, an der Reling weiterarbeitete und sich weit darüberbeugte, sah er Agar auf Händen und Knien unter ihm. Sonst war niemand zu sehen.

»Das könnte meine Gelegenheit sein«, dachte Bran und ließ sein schweres Segelmesser mit der Spitze nach unten direkt über seinem Bruder fallen. Doch im selben Moment hob Agar den Arm, um sich den Schweiß von der Stirn zu wischen, und drehte sich ein Stück weit zur Seite, sodass das Messer aufs Deck fiel.

Am nächsten Tag war das schön gemaserte Achterschott völlig verschmiert und verdorben.

Von nun an behielten sich die beiden Brüder

unablässig im Auge. Schlief einer in seiner Koje, gab der andere vor, Ölzeug oder ein Messer in der Back holen zu wollen, um sicherzugehen, dass sein Feind wirklich dort war und sich nicht mit dem Messer in der Hand hinter dem Mittschiffshaus verbarg.

Agar hatte nicht vor, Bran umzubringen. Wenn ein wirklich grausamer Mensch tötet, dann nur aus Übereifer, und der verdirbt den Spaß an der Sache. Doch immer, wenn sie beim Wachwechsel aneinander vorbeigingen, sprang er seitwärts, um Bran auf die bloßen Füße zu treten; er stahl seine Decke, zerriss seine Kleidung, kippte seinen Eimer um, wenn er teerte, hetzte ihm den Maat auf den Hals. Als Agar eines Tages am Ruder stand, während Bran in die Takelage geschickt wurde, um eine Kreuzsegel-Nockgording zu befestigen, nahm er den Wind aus dem Segel und brüllte vor Lachen, als er sah, wie sein Bruder sich an die schlaff flatternde Leinwand klammerte. Und immerzu machte er Bran vor den anderen Männern auf brutale Art lächerlich; erzählte, wie er ihm sein Liebchen vor der Nase weggeschnappt hatte. Nicht dass sie die Mühe wert gewesen wäre; jeder Mann an Bord bedeute ihm mehr als sie.

Eine weitere Bark, eine Schonerbark und ein Schoner trieben in ihrer Nähe. Hin und wieder schien es, als würden sich die vier Schiffe ein kleines Stück näher kommen, unter Einfluss jener geheimnisvollen Anziehungskraft, die Schiffe auf hoher See zusammenführt, doch mehr war nicht. Die anderen drei richteten ihren Bug heimwärts, und unter den Männern gab es keinen, der nicht auf eine Monatsheuer verzichtet hätte, um sicher an Bord eines dieser Schiffe zu sein, um von der *Catherine* wegzukommen, die sie für ein Unglücksschiff hielten.

Zwei Wochen lang hingen sie dort fest. Dann kam Wind auf und wehte von achtern; erst schwach und in kurzen Böen, dann steigerte er sich auf halbe Sturmstärke, und die *Catherine* wälzte sich vorwärts, wobei ihre Decks von beiden Seiten überflutet wurden.

Von nun an wechselte der Wind ständig. Es schien unmöglich, die Passatwinde zu erreichen, nach denen sie sich sehnten wie Landratten nach Land.

Keine Wache konnte mit einer Ruhepause unter Deck rechnen; es hieß Rahen brassen, Segel reffen, Segel setzen, morgens, mittags und nachts.

Schließlich – und es schien, als hätte die Natur wie eine Katze mit einer Maus gespielt, um dann zuzuschlagen – geriet die Bark südwestlich der Azoren in solch eine Reihe von Stürmen, wie es niemand an Bord je erlebt hatte.

Wegen der Überschwemmungen konnte man das Feuer in der Kombüse nicht brennen lassen. Wasser stand im Vorschiff und im Deckhaus; die Männer waren nie trocken; Hagel mischte sich in den Regen.

Am ersten Tag des Sturms wurden die Oberbramsegel fortgerissen, ehe der Alte sie einholen lassen konnte, was ihm sein verrückter Stolz zunächst verboten hatte. Dann riss das Großobermarssegel von oben bis unten entzwei, und weil man im Sturm unmöglich ein neues anschlagen konnte, befestigte man stattdessen das Unterbramsegel, sodass sie unter Bram- und Focksegel liefen.

Das Wasser ergoss sich lawinenartig über das Schanzkleid an Luv und floss über Lee ab. Das Hauptdeck war Tag und Nacht ein Malstrom aus gelben Fluten; die Männer standen bei der Arbeit bis zu den Hüften im Wasser; die Hälfte aller Töpfe und Pfannen des Kochs waren aus seiner Kombüse verschwunden.

Ein Mann, den man hinauf in die Takelage geschickt hatte, fiel herunter und starb. Der Erste Offizier war auf dem Weg zur Hütte, als die Kajütstreppe erfasst und aus der Verankerung gerissen wurde, und er wurde mitgerissen. Eines Morgens wurde ein anderes Crewmitglied bei der Ablösung am Ruder über Bord gespült. Drei weitere Männer lagen krank in ihren Kojen, sodass sowohl Backbord- als auch Steuerbordwache so geschwächt waren, dass man das Schiff kaum noch manövrieren konnte, ohne die Männer aus der Back zu rufen.

Das Heck wurde immer wieder von Sturzwellen getroffen; mehr als zwanzig Fuß der Heckreling wurden abgerissen, und ein paar Beiboote gingen verloren. Die Enden des laufenden Guts wurden durch die Luken gespült. Das Trinkwasser begann knapp zu werden. Die Männer, ausgezehrte, durchnässte, rotäugige Spukgestalten, wandten sich gemeinsam an den Alten und flehten ihn an zu wenden. Doch er wollte nicht auf sie hören, und Bran Yeld lachte insgeheim. Manchmal kam es ihm vor, als sei der Kapitän, verrückt vor Eitelkeit, halb Trunkenbold, halb Fanatiker, eigentlich Gott persönlich.

Nirgendwo fand man Ruhe; jeden Moment konnte eine besonders große Welle die Türen im Vorschiff aufbrechen und die Männer in ihren Kojen wie Ratten ersäufen, falls sie zufällig dort waren, was selten genug vorkam.

Dann, eines Vormittags, kam eine Welle, die sich hoch über der Bark auftürmte, verharrte und herabstürzte.

Das Schiff rollte entsetzlich unter dem Gewicht des Wassers, kam rund fünf Strich vom Kurs ab und hatte sich eben wieder gefangen, als eine zweite Welle es mittschiffs traf.

Mit Gebrüll brauste sie über die Hütte und über das Mittschiffshaus. Die Tür im Vorschiff gab nach, und die Männer dort, zusammen mit den drei Kranken, kamen ums Leben.

Die Bark richtete sich noch einmal schaudernd auf, als eine dritte Welle sich auf sie stürzte. Der Alte lag mit zertrümmertem Schädel im Speigatt; die Decks waren leer gefegt, denn sechs Mann, die an den Brassen gearbeitet hatten, waren verschwunden; ebenso die Kombüse und der Koch.

Nur fünf Mann blieben übrig: der Zweite Offizier, der Zimmermann, ein Vollmatrose und die beiden Brüder.

An jenem Abend starb der Alte. Er war verrückt gewesen, einfach weiterzusegeln, aber jetzt konnte man die *Catherine* nicht mehr anhalten; denn wie könnte man mit nur fünf Mann beidrehen, gleichzeitig steuern, die Rahen brassen, die Brassen beaufsichtigen, den Besanbaum mittschiffs anholen und die Schoten loswerfen?

Das waren ihre Worte. Dann mussten sie aus Verzweiflung den Versuch wagen.

Die beiden Brüder und der andere Vollmatrose enterten auf. Der Matrose, vor Kälte benommen, die Finger so taub, dass er gar nichts spürte, fiel aus den Wanten und starb.

Bran und Agar blieben in der Takelage und kämpften mit dem Vorobermarssegel, schufteten wie die Wilden, Schulter an Schulter, und das Blut spritzte aus den Spitzen ihrer verkrümmten Finger, als sie mit dem vom Eis ganz steifen Segel rangen.

Zusammen gelang es ihnen, den Segelbauch hochzuziehen und die Bauchbeschlagzeisinge festzumachen. Das Segel glich einem riesigen wilden Vogel, der wütend um sein Leben kämpfte, ihre Hände zerfleischte und ihnen ins Gesicht schlug.

Dann wand Bran sich mit übermenschlicher Anstrengung die Rahe entlang, legte sich darüber, bekam die Kante des Segels zu fassen und hielt sie fest, umklammerte sie mit Brust und Bauch.

Ein gewaltiges Gefühl von Heiterkeit befiel ihn. Plötzlich schien es, als sei er der Herr seines

Bruders auf dem schaukelnden Fußperten unter ihm, und er verfluchte ihn und schrie ihm durch den Wind zu, ihm die Zeisinge zu reichen.

Agar hatte den Kopf in den Nacken geworfen, seine Augen blitzten rasend vor Angst, sein Gesicht war grau. Anscheinend war er zu benommen und verwirrt, um der Aufforderung nachzukommen, obwohl er immer wieder gehorsam mit großen, ungeschickten Händen versuchte, die Zeisinge um das Segel herumzureichen, während der Mann über ihm ihn anbrüllte: »Du Schlappschwanz! Du blöder Sack! Landratte! Feiger Türke! Holländer! Hund!«

Die Worte kamen schubweise, denn es brauchte den heftigen Druck von Brans schlankem Körper, um das wogende Segel eng an der Spiere zu halten.

Agars Gesicht hatte einen fast komischen Ausdruck, mit seinen breiten Wangenknochen und seinem flammenden Bart, als er zu Bran hinaufschaute.

»Würd' ich jetzt ein Messer reinrammen, wär's mit uns beiden aus«, dachte Bran, als ein furchtbarer, knirschender Ruck die Bark von Bug bis Heck durchfuhr, sodass sie sich wie ein waidwundes Tier mit einer Klinge im Bauch wand und sich auf die Seite legte, bis die beiden Männer hoch über den tobenden grauen Fluten hingen und sich wie durchnässte Fliegen an die Rah klammerten.

»Mein Gott! Er hat sie vom Kurs abfallen lassen!«, kreischte Agar. Bran erhaschte einen Blick auf Agars Augen. Sie rollten vor Angst, sein Gesicht war aschfahl. »Mein Gott! Er hat sie vom Kurs abfallen lassen!« Seine Schreie wurden zu einem Murmeln, er zitterte, fletschte die Zähne wie ein Hund. »Sie verliert die Masten. Oh Gott! Sie verliert die Masten … Schau! Schau!«

Er schaute hinunter auf die Decks, die unter wirbelnden Fluten verschwanden, dann warf er Bran einen fast flehenden Seitenblick zu. Es war klar, dass der Mann, vor dem alle zitterten, nun selbst halb verrückt vor Angst war.

Es gab noch einen furchtbaren Ruck. Der Fockmast bebte und wankte wie ein Bäumchen in einem großen Sturm; es schien sicher, dass die beiden Männer aus der Takelage geschüttelt werden würden. Ihre Zähne klapperten, und sie klammerten sich mit Händen und Knien fest. Der Großmast war fort, auf zwei Drittel seiner Höhe abgebrochen, und hatte die leewärtige Heckreling zertrümmert. Dass die Bark noch nicht sank, war ein Wunder, denn sie lag an Lee bis zum Schanzkleid unter Wasser, ihr Deck ragte auf wie eine Hauswand.

Das gelockerte Segel, das sich unter Brans Leib losgerissen hatte, flatterte wild, knallte und peitschte.

Bran begann aus tiefster Kehle heiser ein Shanty zu singen, »Shenandoah«, von allen Hochseematrosen geliebt:

The sails set free, a gale is blowing –
Away my rolling River!
The braces taut, the sheets are flowing –
Aye, Ah; Aye, Ah!

Er hatte in seinem Leben vor nichts und niemandem Angst gehabt, außer vor seinem Bruder, und ihn fürchtete er nicht mehr, denn er hatte bis tief in seine nackte, vor Furcht entblößte Seele gesehen.

Irgendwie gelangte er hinunter auf das Hauptdeck, kletterte an der Steuerbord-Heckreling entlang und weiter zum Heck, wo das Kartenhaus wie eine Streichholzschachtel flach gewalzt worden war.

Der Zimmermann, den sie am Ruder zurückgelassen hatten, hing mit gebrochenem Arm über dem Steuerrad.

»Kein lebender Mensch hätt' sie auf Kurs halten können«, stöhnte er, als Bran ihn berührte, denn seine größte Leidenschaft beherrschte ihn noch immer – sein stolzer Glaube, dass kein Mensch ihm am Ruder das Wasser reichen, dass er ein Schiff mit Geduld zähmen und dass nur er es durch jeden Sturm bringen konnte.

Das Ruder hatte sich losgerissen. Der Maat, der auf die Brassen geachtet hatte, war mit dem Mast über Bord gegangen.

So waren nur drei Mann auf der *Catherine* übrig geblieben.

Der Wind hatte ein wenig nachgelassen. Nach einiger Zeit holte der Zimmermann sein Werkzeug, und sie machten sich an die Arbeit, um zu versuchen, die abgebrochene Mastspitze ganz zu beseitigen, damit sich das Schiff nach Möglichkeit aufrichten konnte. Bald stieß Agar zu ihnen, und sie arbeiteten wie Besessene und liefen bei jedem neuen Ansturm der Wellen wie Fliegen das steile Deck hinauf.

Als die Dämmerung der Dunkelheit wich, bekamen sie den Mast frei. Doch der Zimmermann, der wegen seines gebrochenen Arms ungeschickt war, verfing sich mit einem Fuß in einem losen Tau und wurde über Bord gerissen. Die beiden Brüder blieben allein zurück.

Tief unten am Horizont, unter dem Leichentuch eines grünlich-schwarzen Himmels, verlief ein schmales rotes Band und begrenzte den Horizont wie ein blutverschmiertes Schwert.

Es lief quer über Agars Gesicht. Sein rotes Haar und sein Bart waren ganz »flammend rot«, wie Ivy es genannt hätte. Er musterte Bran bange und schmeichlerisch vom Scheitel bis zur Sohle.

»Na, Alter, jetzt sind nur wir beide übrig«, sagte er und zeigte ein schrecklich halbherziges, versöhnliches Grinsen; dann murmelte er etwas wie »das Beste aus einem verdammt üblen Job machen« und sprach vom Whiskey im Lazarett, wenn sie nur rankommen könnten.

Bran antwortete nicht, sondern lächelte ihn nur schief, halb irre an. Er sang erneut, mitten in all dem Tosen der trüben Fluten, dem Brüllen, Kreischen und Knirschen, der Stimme eines Windjammers, der um sein Leben kämpft:

For we're bound to Rio Grande,
And away, Rio! Aye, Rio!

Das Gelächter und das Lied ängstigten Agar sogar noch mehr als die Flüche, die aus Brans Mund so seltsam klangen. Was, wenn er verrückt würde und über Bord spränge? Bei diesem Gedanken stand Agar der Angstschweiß auf der Stirn, denn er fürchtete sich entsetzlich vor Einsamkeit.

Fünf Tage lang trieb der Rumpf der *Catherine* vor dem Wind, der am sechsten Tage, fünfzehn Grad nördlich des Äquators, einer Kalme wich.

Hier im Kalmengürtel, der Region stickiger Hitze, ölglatter Wellen, endloser Niedergeschlagenheit, trieben sie eine weitere Woche, dann erreichten sie langsam den Äquator und blieben dort liegen.

Das Kappen des Mastes hatte das Schiff leichter gemacht, doch die Fracht war verrutscht, und der Rumpf wälzte sich immer noch mit einer Reling an der Wasseroberfläche dahin. Haie umrundeten sie; das Meer wurde dick und faulig von dem über Bord geworfenen oder vom steilen Deck abgerutschten Abfall – Hühnerställe, Fässer, aufgebrochene Tonnen.

Bran arbeitete, ohne ein Wort zu sagen, sang aber unablässig, erleichterte das Schiff, so gut er konnte, hielt es einigermaßen in Ordnung; Agar folgte ihm derweil dicht auf den Fersen wie ein Straßenköter. Anscheinend konnte er keine Ruhe geben; er redete ununterbrochen. Da gab es nichts, was er nicht für seinen Bruder tun würde;

er brachte ihm dies, trug für ihn jenes, kochte für ihn, katzbuckelte vor ihm und fühlte sich dabei unbeschreiblich elend und ängstlich.

Der horizontlose Ozean; das Leichentuch aus Nebel fiel über sie wie eine feuchte, fettige Tischdecke; das verrottende, stinkende Schiff; die Stille – vor allem die Stille – jagte ihm unbeschreibliche Angst ein. Doch wenn Bran sang, war es noch schlimmer; denn er sang nicht für Agar, sondern als wäre außer ihm keine lebende Seele an Bord; er sang mit einem äußerst triumphierenden Unterton. Er war mit der heiteren Kraft eines Mannes gesegnet, der glaubt, es sich leisten zu können zu warten.

Dann, eines Tages, befahl er seinem Bruder – immer noch wortlos, durch Handzeichen –, ihm beim Reparieren der leewärtigen Heckreling zu helfen. Das war vernünftig; jeden Tag konnte Wind aufkommen und für stärkeren Seegang sorgen, und sie beide würden über Bord gespült.

Sie sammelten Spieren, die Agar trug, denn sein Bruder war inzwischen sehr schwach geworden. Der größere Mann hätte den anderen mit einer Hand umstoßen können, und doch hatte er aus reiner Angst vor der Einsamkeit nur den einen Wunsch, ihn günstig zu stimmen, ihn am Leben zu halten. Agar hörte oft seine eigene Stimme reden, reden, und wenn er merkte, dass Bran keine Anzeichen machte, ihm zuzuhören, wurde er vor wahnsinniger Angst wütend.

Dann kam für Bran der festgesetzte Moment; ziemlich plötzlich und doch unverkennbar. Denn als sie die Spieren anstelle der zerstörten Heckreling befestigten, sah Bran, dass sein Bruder sich weit über den Rand des Schiffes hinauslehnte, um Nägel einzuschlagen. Indem er sein ganzes Körpergewicht auf den schweren Balken warf, auf dem Agar lehnte, kippte er die Spiere um, sodass Agar über Bord fiel.

Agar konnte ein wenig schwimmen, und die Lee-Reling lag tief im Wasser, und er hätte sie oder irgendein loses Tau zu fassen bekommen, wenn Bran nicht Werkzeug und Holzstücke nach ihm geworfen und ihn so untergetaucht hätte. Einmal berührte er tatsächlich die zerbrochene

Reling und klammerte sich daran fest, doch Bran schlug mit einer Axt nach seiner Hand, und Agar fiel mit einem lauten Schrei zurück ins Wasser, versank, kam hoch und versank erneut. Sein flammender Bart, sein flammender Haarschopf, sein fahles Gesicht und seine verzweifelten Blicke waren schrecklich anzusehen; das Holzgitter, an dem er sich festgehalten hatte, war blutverschmiert. Doch Bran spürte keine Reue; die Welt war besser dran ohne solches Ungeziefer.

Er ging nach achtern und sang dabei.

Royals free, royals free,
Studding-sails aloft, boys, royals free;
Clew up th' to'ga'sails, and take 'em in again;
Bear a hand, jolly tar, at the mizzen,
fore and main.

Agar kam noch einmal hoch, doch Bran sah ihn nicht, denn er kniete in dem kleinen Unterschlupf, den er inmitten der Trümmer des Deckhauses aufgebaut hatte, lobpreiste und dankte dem Herrgott, der ihm, so glaubte er, seinen Bruder ausgeliefert hatte. Der Ertrunkene hatte nun kein Leben mehr in sich, doch auf seinem Gesicht lag ein abscheuliches Grinsen, als hätte er eben erfahren, dass nicht einmal dies das Ende bedeutete.

In jener Nacht schlief Bran wie ein Kind, als die *Catherine* von einer wilden Sturzsee getroffen wurde. Bran wurde aus seinem Unterschlupf geschwemmt, ehe er noch ganz wach war. Er krabbelte aus dem Speigatt, kam bis zur Nagelbank und drehte sich wie ein echter Seemann um, sodass er die nächste Welle kommen sah.

Als er sich umdrehte, hatte er keine Angst. Doch beim ersten Blick nach oben zitterte er und verging schier vor Furcht.

Es war eine strahlend helle Mondnacht, hell wie der Tag, das Meer weiß von heranbrausenden Brechern. Hoch über Bran Yeld türmte sich die ungeheure Masse der ankommenden Welle mit ihrer schäumenden Krone auf. Es war, als würde die Hand Gottes über ihm ausgreifen, um herabstürzend nach ihm zu schnappen.

Und doch war es nicht die Welle, die Bran

Angst einjagte. Das, was er hoch oben in ihrer Krümmung zu sehen glaubte, ließ ihn vor Schreck erstarren – Agars aschfahles Gesicht und sein flammender Bart; Agars grässlicher Kopf, umrahmt von Gischt, wie ein König mit seinem Helmbusch.

Die Fetzen der alten Untermarssegel heulten im Wind. Ein Block löste sich, fiel und traf Bran direkt zwischen die Augen, während er nach oben schaute.

Als er wieder Licht sah, war der Tag klar und sonnig, das verkrüppelte Schiff schwankte vor einer steten Brise.

Bran war durchnässt, fest eingeklemmt zwischen dem Deckhaus und dem Flaggenkasten; seine beiden Beine waren gebrochen. Doch er war nicht allein. Der Passagier, den er auf jener hohen, gekrümmten Welle hatte an Bord kommen sehen, lag nahebei, ebenso eingeklemmt, traulich und dicht neben ihm; ebenso nah wie sie beide im Mutterleib gelegen hatten – Agar mit seinem flammenden Bart, rot glühend in der Morgensonne.

Sie befanden sich nun in befahrenen Gewässern, und ein Dampfer auf Heimatkurs sichtete die *Catherine* und schickte eine Bootscrew an Bord. Sie nahmen Bran Yeld mit, und ihr Arzt versorgte seine Beine recht gut. Seinem Bruder banden sie einen Sack Schrot an die Füße und versenkten ihn an Ort und Stelle, nahe dem Äquator.

Das behaupteten sie zumindest, doch Bran stritt es ab; denn das Meer am Äquator ist tief, und wenn sie Agar richtig versenkt hätten, wie sie es beteuerten – warum traf Bran ihn dann auf jedem Schiff, auf dem er zufällig anheuerte? Immer, jedes Mal und ohne Ausnahme war er schon da, sprach zunächst alle Männer der Crew an, ließ sie schwören, alles geheim zu halten und zu leugnen, und auch wenn Bran sich noch so große Mühe gab, ihm auszuweichen, über den Atlantik, durch den Pazifik, rund um Kap Hoorn, im Chinesischen Meer, im Schwarzen Meer, in der Ostsee: Agar war da.

Der einzige Ort, wo er niemals auftauchte – und es dauerte zehn Jahre, bis der weißhaarige

Mann mit der zernarbten Stirn sich dorthin wagte –, war das geteerte Schindelhäuschen in Rye Harbour, wo Ivy Dene ihn umarmte.

Selbst dort wagte er nicht zu verweilen. Agar war nicht da, konnte aber jeden Tag, jede Minute aufkreuzen. Brans braune Augen, schüchtern, wild, zuckten immer hin und her. Er hatte Agar gefürchtet, als er noch lebte, er fürchtete ihn noch mehr, seit er tot war. Nur Ivy, verwelkt und früh gealtert, farblos bis auf die Augen, schenkte ihm Frieden und machte ihm Mut; und trotzdem wagte er nicht zu bleiben.

»Ich hab Angst, mit dir zu gehen«, sagte sie. »Aber ich würd' mich noch mehr fürchten, wenn du ohne mich durchs Land streifst, Bran.«

So tappten die beiden mit Hausiererkörben auf dem Rücken kreuz und quer durch England, Schottland und Wales – ach, ihr müsstet sie öfter mal getroffen haben –, solange es nur weit genug weg war von der See, bis sie schließlich glücklich waren, überaus glücklich im Vergessen: die müde, verblühte Frau und der halb irre Mann mit den Narben auf der Stirn, auf ihrer ewigen

Wanderung kreuz und quer auf der Erde, ewige Flüchtlinge und Vagabunden.

NACHWORT

Elinor Mordaunt, geboren als Evelyn May Clowes (1872–1942), schrieb nicht zum Vergnügen, sondern um zu überleben, um ihre Unabhängigkeit zu wahren und um ihre unbändige Reiselust zu befriedigen, die sie rund um die Welt und über alle Meere führte. Ihre Kurzgeschichten, die sie an verschiedene angesehene Zeitschriften in England, Australien und den USA verkaufte, füllten acht Erzählbände, die zwischen 1914 und 1939 erschienen. Ein umfangreicher Sammelband mit achtunddreißig ihrer besten Geschichten erschien 1934. Viele dieser Texte sind untypisch für eine Autorin ihrer Epoche – exotisch, abenteuerlich, unheimlich, wenig zimperlich, wenn es um die Darstellung von Gewalt oder bedrohlichen Situationen geht. Wie selbstverständlich schlüpft sie in die Rolle eines Seemanns, der sein Garn mit allerlei nautischen Fachbegriffen und derben Flüchen mischt. Wären ihre Abenteuer-, Geister- und Seegeschichten anonym erschienen, würde man sie womöglich Jack London, Rudyard Kipling oder Joseph Conrad zuschreiben – Autoren, die Elinor Mordaunt gut kannte und sehr schätzte. Sie eiferte ihnen nach, allerdings ohne bloße Imitationen zu liefern. Sie pflegte ihren eigenen Stil und griff oft auf persönliche Erfahrungen und Erlebnisse zurück oder nutzte mündliche Überlieferungen, die sie auf ihren Reisen aufschnappte. Das Schreiben und beiläufige Verarbeiten von Selbsterlebtem hatte für sie auch einen therapeutischen Zweck: Es war für sie nicht zuletzt ein Mittel, leidenschaftslos »auf das eigene, alberne Leben zurückzuschauen«.

Die Erzählung »Schwere See« ist auf den ersten Blick weit entfernt von ihrem eigenen Leben. Sie handelt vom alles verschlingenden Hass zweier Zwillingsbrüder. Agar und Bran sind in allem gegensätzlich, bis auf ihre Liebe zur Seefahrt, und die grausame Bosheit, mit der Agar seinen schwächeren und empfindsameren Bruder verfolgt, führt schließlich in den Tod, der hier keinesfalls eine Erlösung bringt. Es ist eine archaische Geschichte, die sich um die untrennbare Verbindung von Gegensätzen dreht, Kain und Abel auf hoher See, doch sie enthält auch eine verborgene autobiografische Note. Die »toxische« Beziehung zwischen Agar und Ivy Dene, die eigentlich in Bran verliebt ist, aber Agar heiratet, weil sie seinem starken Willen nichts entgegensetzen kann, erinnert an Mordaunts unglückliche Ehe mit dem Plantagenbesitzer Maurice Wiehe. Wie Ivy litt sie unter der Gefühlskälte ihres Mannes, der sie einmal sogar beim Pokern als Pfand einsetzte. Ebenso wie bei Ivy kam ihr erstes Kind tot zur Welt, und man kann sich gut vorstellen, dass auch die blauen Flecken, die Ivy vorzeigt und die von Agars Misshandlungen stammen, ein persönliches Leid der Autorin widerspiegeln.

Mordaunt hatte Wiehe auf Mauritius geheiratet, um den Verlust ihres ersten Verlobten zu überwinden, der während einer Afrika-Expedition am Fieber gestorben war. Wiehe hatte jedoch nur im Sinn gehabt, die vorzüglichen Beziehungen ihrer angesehenen Familie für seine Geschäfte zu nutzen. Mordaunt ließ Mauritius hinter sich, kehrte nach England zu ihrer Familie zurück und wanderte schließlich nach Australien aus, wo ihr Sohn geboren wurde. Wenn ihre Ehe für sie einen Nutzen gehabt hatte, dann den, sie zum Schreiben zu bewegen, meinte sie später. Auch wenn ihre Zeit auf Mauritius keine glückliche war, blieb die Insel, deren Natur, Geschichte und Kultur, für sie eine wichtige Inspirationsquelle für ihr erstes Buch *The Garden of Contentment* (1902) wie auch für ihre frühen Erzählungen, gesammelt in *The Island* (1914).

Obwohl der Name der Insel in der Kurzgeschichte »Der Rückruf« nicht erwähnt wird, deutet vieles darauf hin, dass es sich ebenfalls um Mauritius handelt, z.B. die erwähnte Heilpflanze Ayapana und der kurz skizzierte historische Hintergrund. Die Geschichte hat auffällige Ähnlichkeiten mit Rudyard Kiplings »The Finest Story in the World« (1891), in der sich ein Bankangestellter an seine früheren Leben als griechischer

Galeerensklave und Wikinger erinnert. Doch während Kipling einen heiteren Plauderton anschlägt und sein Held der Liebe wegen all seine Visionen wieder vergisst, betont Mordaunt die dunklen Seiten der rätselhaften Verbindung zwischen zwei Leben in verschiedenen Zeiten. Wie in »Schwere See« bringt die Autorin auch hier das Motiv gegensätzlicher Zwillinge ins Spiel: Der kränkliche Büroangestellte und der willensstarke Galeerensträfling sind grundverschieden, aber dennoch eins; eine Seele in zwei Körpern, die über Jahrhunderte hinweg ein Schicksal teilen. Die Idee ist fantastisch, ihre Darstellung aber beängstigend realistisch. Vielleicht weil die Autorin selbst diesen Widerspruch in sich trug – den kränklichen Körper und die unbezähmbare Willenskraft. Jedenfalls wirken das triste Leben des Angestellten wie auch die qualvollen Erfahrungen des Sträflings vollkommen glaubwürdig, und die Verknüpfung der beiden Existenzen über Schmerz und Todesnähe lässt das Übernatürliche geradezu natürlich erscheinen.

Mordaunt hatte im Unterschied zu Kipling eine historische Quelle verarbeitet, die Memoiren des französischen Sträflings Jean Marteilhe, der zu lebenslangem Dienst auf den Galeeren verurteilt wurde, weil er als Protestant ohne Pass sein Heimatland verlassen wollte. Die Szene in der Erzählung, wenn der Sträfling in die Mündung einer Kanone blickt und aufsteht, um dem sicheren Tod zu trotzen, ist nicht erfunden, sondern stammt aus den oben erwähnten Memoiren und bezieht sich auf eine Seeschlacht zwischen französischen Galeeren und einer englischen Fregatte am 5. September 1708:

»Er [der Kanonier] kam schließlich zu der verhängnisvollen Kanone; ich hatte die Standhaftigkeit, ihn anzusehen, wie er die Lunte anlegte, indem ich mich immer aufrecht hielt und meine Seele dem Herrn befahl. Der Schuss ging los, und ich war plötzlich bewusstlos und niedergeworfen nicht auf die Bank, sondern auf den Köker der Galeere, denn der Schuss hatte mich so weit fortgeschleudert, wie meine Kette reichen konnte.«

Marteilhe überlebte schwer verletzt, während

seine Gefährten »wie Pastetenfleisch zusammengehackt« waren. Elinor Mordaunt zeigt keine Scheu vor blutigen Details, und die historische Genauigkeit ihrer Darstellung verleiht ihrer Geschichte zusätzliche Überzeugungskraft. Während bei Kipling die Wiedergeburt des Helden in verschiedenen Zeitaltern bloße Behauptung bleibt, erscheint das sonderbare Doppelleben des André Bertle erschreckend real.

Auch in »Die Geschichte des Skippers« und das »Herz eines Schiffes« gelingt es Mordaunt, abenteuerliche und fantastische Ideen absolut glaubhaft darzustellen und mit Leben zu füllen. Die erstgenannte Erzählung erinnert ein wenig an Herman Melvilles »Benito Cereno« (1855). Der Ausgangspunkt ist sehr ähnlich: Auch hier trifft ein Kapitän auf ein merkwürdiges Schiff, das sich offenbar in Seenot befindet, und setzt in einem Beiboot über, um seine Hilfe anzubieten. Das Schiff entpuppt sich letztlich als Sklavenschiff, auf dem die Sklaven rebelliert und die Kontrolle übernommen haben. Mordaunts Kurzgeschichte ist einfacher gestrickt. Bemerkenswert ist jedoch, wie gut sie den Ton des Skippers trifft, die Umgangssprache der Seeleute, und wie sicher sie mit den nautischen Fachbegriffen umgeht. Man vergisst leicht, dass all das aus der Feder einer alleinerziehenden Mutter und zeitweiligen Herausgeberin einer Frauenzeitschrift stammt. Ihre Liebe zur Seefahrt, ihre genaue Kenntnis der klassischen Meeresliteratur, aber auch ihre eigenen Reisen und ihr ungezwungener Umgang mit Schiffskapitänen und Crews – der auch in ihren Reiseberichten wie *Das Buch der Abenteuer* (*The Venture Book*, 1926) deutlich wird – öffneten ihr eine Schatzkiste aus maritimer Folklore und Seemannsgarn, aus der sie gern und oft Material für ihre eigenen Texte schöpfte.

In »Das Herz eines Schiffes« geht sie noch einen Schritt weiter, indem sie den Aberglauben der Seeleute ernst nimmt und dem Segelschiff *Sarah Shane* eine echte, überaus kapriziöse Persönlichkeit zuschreibt und ihr eine leidenschaftliche Liebesbeziehung zu einem schiffbrüchigen Portugiesen andichtet. Die Erzählung beweist, dass Mordaunt neben einer blühenden Fantasie auch über eine gute Portion Schalkhaftigkeit verfügte. Erneut zeigt sie ein offenes Ohr für die Sprache der australischen Seeleute und ein gutes Gespür für deren volkstümlichen Humor.

Warum sind Elinor Mordaunts Erzählungen in Vergessenheit geraten? Melissa Edmundson, die eine Auswahl ihrer Spukgeschichten neu herausgegeben und so erstmals einen kleinen Teil ihres umfangreichen Werkes wieder zugänglich gemacht hat, meint, dass Autorinnen zu Mordaunts Lebzeiten und in den Jahrzehnten nach ihrem Tod allgemein weniger Beachtung fanden als ihre männlichen Kollegen, ihre zeitgenössischen Kritiker aber auch nicht wussten, wo sie ihr facettenreiches Werk einordnen sollten. Der Literaturwissenschaftler R. Brimley Johnson verglich es mit dem der Schwestern Brontë, da es ebenfalls nicht zu den Entwicklungen ihrer Zeit passe und da ihre Sprache und Überlegungen ebenfalls eine gewisse Heftigkeit und fast ungezügelte Intensität aufwiesen.

Heute können wir die Tugenden dieser ungewöhnlichen Autorin, die einst von Virginia

Woolf und Katherine Mansfield gelobt wurde, vielleicht besser erkennen und wertschätzen.

Alexander Pechmann

EDITORISCHE NOTIZ

Die Beschreibung der französischen Galeeren und ihrer Ausrüstung in »Der Rückruf« wurde mit den Angaben in Jean Marteilhes Memoiren verglichen (*Galeerensträfling unter dem Sonnenkönig*, aus dem Französischen übersetzt von Hermann Adelberg, Leipzig und Weimar 1988). Die Erstausgabe erschien 1757 in Rotterdam.

Der Übersetzer dankt Mike Ashley, der »The High Seas« wiederentdeckte, und Melissa Edmundson, die Textvorlagen zu den anderen Erzählungen zur Verfügung stellte.

ANMERKUNGEN

1 Dago: Südamerikaner, Spanier oder Portugiese.
2 Wenn dich dein Auge ärgert: vgl. Matthäus 18,9.
3 Alter vom Meere: unheimliche Gestalt, die in Sindbads fünfter Reise erwähnt wird.
4 Biernetz: im Original »she-oak net«. »She-oak« ist ein australischer Baum, die Buschblüte, die Verballhornung »Sheog« ist australischer Slang für Bier.
5 Code Napoléon: das von Napoleon eingesetzte Rechtssystem. Schauplatz der Geschichte ist offenbar die Insel Mauritius, die 1810 von den Briten besetzt und 1814 von Frankreich an Großbritannien abgetreten wurde. Sprache und Kultur der französischen Siedler blieben jedoch erhalten.
6 *une douleur d'estomac:* ein Magenleiden.
7 Ayapana: tropische Heilpflanze, die u.a. als Tee aufgegossen wird und bei Magen- und Darmbeschwerden wirkt. Sie gehört auf Réunion und Mauritius zur Hausmedizin.
8 *Coursier:* große Kanone am Bug französischer Galeeren.

9 Sechs kleine Kammern: Die von Mordaunt verwendeten und im Original zum Teil falsch abgeschriebenen Begriffe stammen aus den Memoiren von Jean Marteilhe. »Gavon« ist eine kleine Kapitänskajüte. Der »Escandolat« oder die Offizkammer enthält alle Vorräte des Kapitäns. Die »Kompagne« enthält flüssige Lebensmittel der Crew wie Bier, Wein, Öl, Essig und Trinkwasser. Der »Paillot« enthält trockene Lebensmittel für die Crew, wie Zwieback, Erbsen, Bohnen und Reis. In der »Taverne« wurden Reservesegel, ein Schutzdach und die Weinfässer der Aufseher aufbewahrt; dahinter befand sich die Pulverkammer. Die »Chambre de Proue« diente der Lagerung von Takelwerk und Ankertauen und auch als Lazarett.

10 *Façonier:* Steinmetz oder Zimmermann.

11 *forçats pour la foi:* »Sträfling des Glaubens wegen«.

12 Marteilhe: Der Name legt nahe, dass Mordaunt die Memoiren von Jean Marteilhe kannte, einem französischen Protestanten, der zur Zwangsarbeit verurteilt und der Galeere *La Palme* zugeteilt wurde, wo er von 1702 bis 1712 als Rudersklave und Schreiber des Kapitäns diente.

13 Salat: In der ersten deutschen Übersetzung der Memoiren von Jean Marteilhe von Hermann Adelberg (1867) ist die Rede von einem »Salat von Peitschenhieben«.

14 *Grand Monsieur:* der König.

15 Kerl aus der Bibel: Jakob ringt mit dem Engel bzw. mit Gott, vgl. Genesis 32,23–33.

VITEN

ELINOR MORDAUNT (1872–1942) war das Pseudonym der in Nottinghamshire geborenen Evelyn May Clowes. Sie wanderte 1902 nach Australien aus, wo ihre ersten Kurzgeschichten erschienen. Bis zu ihrem Tod veröffentlichte sie zahlreiche Romane, Erzählbände, Reiseberichte und Kinderbücher. Kritiker verglichen ihre Werke mit denen von H. G. Wells und Joseph Conrad. Bei mare erschien 2023 *Das Buch der Abenteuer*, ihr kluger und amüsanter Bericht über eine Weltreise zur See.

ALEXANDER PECHMANN, geboren 1968 in Wien, studierte Soziologie, Psychologie sowie englische und amerikanische Literaturwissenschaft. Er arbeitet als freier Autor, Herausgeber und Übersetzer. Bei mare erschien 2023 sein Buch *Die Bibliothek der sieben Meere* über die Klassiker der maritimen Literatur.